徳間文庫

誘拐作戦

都筑道夫

徳間書店

contents

誘拐作戦

デザイン　鈴木大輔（ソウルデザイン）

「誘拐作戦」

Operation Kidnap

第一歩は盗難車で

さいしょに、おわびをしておいたほうが、いいだろう。

これから、このスリラーめかしたものを、書きはじめる私たちは、実をいうと、ずぶのしろうとだ。だから、専門家のように、おもしろおかしくは、話をはこべないにきまっている。推理小説は、ずいぶんたくさん好きで読んだが、書いたことはない。書こう、と思ったこともない。

他人が書いたものなら、電車のなかでも読める。オン・ザ・ロックスをすすりながらでも読める。新書判なら、あおむけにねころがっても、それほど手はくたびれない。トイレでだって読める。大きな厚い本だと、洋式のほうが、膝《ひざ》の上に両肘《ひじ》ついて、ささえられるから具合がいいが、要は腕力の問題だ。文庫本ならしゃがんでいても、負担にはならない。読んじゃったところを、やぶってつかうこともできる。

しかし、こちらが書くということになると、そう簡単にはまいらない。原稿用紙をひろげて、私たちはふたりとも右ききだから、右手に毛筆なり、万年筆なり、ボールペンなり、鉛筆なりをにぎって、一字一字、枡目をうめていかなければならない。長くつづけていけば、必然的にくたびれる。それにたえるだけの腕力が、必要だ。おまけに、すわるか、腰かけるか、胸に枕をかってねそべるか、いずれにしても、長いあいだ、じっとしていなければならない。つまり、忍耐力が必要だ。それだけではない。いちばんの問題は、脳みそだ。脳力ということばが、あるかどうかは知らないけれど、そいつがいる。

読むほうに必要なのは、本をささえるささやかな腕力だけだが――本を買う金力がいるとしても、本は友だちから、借りればいい。貸してくれる友だちがいなければ、本屋の棚から、黙って持ってきてもいい。ただし、見つかっても、責任は負わない。それに、私たちの本だけは、お金を出して、買ってくれなければ困る。とにかく、本を読むには、腕力しかいらないのに、書くとなると、腕力と、忍耐力と、脳力が必要なのは、はなはだ不公平だ。

けれど、さしあたって、ほかにすることがない。忍耐力をのぞけば、私たちも、自信はある。それに、これから、はじめる物語は、うそっぱちではない。実際にあったことだ。もうすこし読むと、ああ、あの事件か、と思いあたるひとも、いるにちがいない。真実のできごとを、起った順序に書けばいいのだ。うそをこねあげるよりは、楽だろう。しかも、みんながスパゲッティをのみこむように、真実と信じてのみこんだことは、実はミートソースにごまかされただけであって、その下の真実の真実を、知っているのは、私たちだけなのだ。

手のひらにのるほど小さくて、ヘアトニックをのませると、エメラルドいろに酔っぱらって、しゃっくりをする象が、いるとしよう。そんな珍しいものを、あなたが飼っていたとしたら、きっと、こっそりしまって、おきはしない。ひとに見せて、びっくりさせたくなるだろう。だれも知らないことを、知っているというのは、ちょうど、そんなものだ。私たちが、例の事件を、小説ふうに書いてみることにしたのも、真実の真実を、無記名預金にしておくのが、残念になってきたからだ。それで時間がつぶせれば、一石二鳥というものだろう。

けれど、あんまり、ありのままに書くと、迷惑するひとがいる。だから、適当にうそをまじえて、交替に書いていくことにする。もちろん、登場人物のなかに、私たちふたりがいるわけだが、どれが私たちかは、隠しておくほうがいいと思う。勘のいい読者には、すぐわかるかもしれないが、はじめから、はっきりさせておくと、真実の真実を、たちまち見ぬかれてしまうおそれがある。それでは、私たちが、つまらない。多少、作者の手ぎわが悪くても、うまくだまされてやるのが、推理小説読者のエチケットだという。あんまり、あたまを働かせないで、読んでいただきたい。

さっきジャンケンをして、私がさいしょに、書くことになったのだが、どこからはじめたらいいのか、しろうとの悲しさで、見当がつかない。推理小説に死体は欠くべからざるもので、それも、できるだけ新しいやつが、第一ページにころがっていれば、申しぶんない、ということを、なにかで読んだ記憶がある。申しぶんない、というところからはじめれば、いちばん、申しぶんないだろう。

新しいことも、新しい。なにしろ、まだ完全に死体には、なっていないくらいだった。ただ、お断りしておくが、この物語では、だれが死体をこしらえたかは、それほど問題にならない。その死体を、五人の男が、どう利用したかが、問題になる。五人の男というのは、死体を発見した連中だ。死体は——いや、こう書いてしまっては、推理小説のルールに違反するかもしれない。


その女は、小雨に洗われた京葉道路に、横たわっていた。ヘッドライトの光をあびて、その白いすがたは、打ちすてられた葬式の花輪のように見えた。

このほうが、ぐっと小説らしいだろう。京葉道路というのは、いうまでもなく、東京都江戸川区の一之江町から、千葉県船橋市の海神町まで、通じている自動車道路だ。ひとが歩くことは、できない。したがって、発見した五人は、車にのっていた。

ヘッドライトが照しだすまで、気がつかなかったくらいだから、むろん夜だ。十二時近かった。京葉道路のまんなかには、トールゲイトというのがある。料金徴収所だ。制服の係員に料金をわたして、照明のまばゆいゲイトをくぐると、四人の車は、スピードをあげた。

人数があわないのを、怪しんではいけない。もうひとりは、べつの車で、反対方向から、やってきたのだ。雨はだんだん、ひどくなるようだった。そのせいか、道路はすいていた。

「おれたちが、買いきったみたいだな。ご機嫌じゃないか」

ハンドルをにぎっている小きんが、いった。落語家みたいだが、正確には小島金一、略して小きんだ。

「そうでもないぜ。むこうから、一台くるようだ」

となりの大虎が、ワイパアのあいだを、ゆびさした。こちらは、大沢虎雄だから、大虎だ。けれども、酒はぜんぜん飲まない。

「なんだ、ありゃあ」

ふたりのあいだに、バックシートから首をだしていた粟野が、とつぜん声をあげた。遠くに、白いものが見える。それは、たちまち、大きくなった。

「いけねえ、人間だ！」

小きんがあわてて、ブレーキを踏んだ。フォルクスワーゲンは、渋しぶ停車した。バックシートの粟野とブタは、小きんと大虎におぶさるようにして、フロントグラスをのぞいた。

ブタの名前は、安藤稔だ。ふとっているわけでも、鼻が上をむいているわけでもない。岡山にいる父親は、かつての陸軍中将で、大虎の死んだ父親とは、知りあいだった。そのせいか、大虎を信用して、豚児をよろしく、豚児をなにぶん、と読めない手紙を、しょっちゅうよこす。どういうつもりかわからないけど、親が呼ぶんだから、友だちも、そう呼んでやらなけりゃ、というあだ名の由来を、おでん屋で説明していたら、そばにいた年よりの客が、父は陸軍中将で、とくりゃあ、浪子さんじゃねえか、といった。大虎にも、小きんにも、なんのことか、わからなかった。しらべてみたから、私にはわかっている。だから、ついでに書いておこう。徳冨蘆花原作、『不如帰』のこれは、のぞきカラクリの文句だそうだ。

その豚児が、大虎の頭上で、いった。

「しかも、女だ」

「やばい。やばい」

小きんがハンドルへかけた手を、おでこへ持っていって、冷汗をふいた。プラムみたいに赤くつやつや光っているフォルクスワーゲンは、のっている四人のうちのだれのものでもない。借りものだった。だれが貸してくれたのかは、わからない。錦糸町の盛り場をはずれたところに、キイをイグニションにさしたまま、駐《と》めてあったので、無料《ただ》で使わせてくれるもの、と解釈したわけだ。そんな車で、ひとを轢《ひ》いたら、厄介なことになる。

「酔ってるのかな?」

大虎が、いった。

「病気じゃないか?」

ブタが、いった。

「車から、ほうりだされたんだよ。ここは、歩けない道路なんだから。おりてみよう。ドアをあけてくれないか」

栗野は、大虎の肩をたたいだ。2ドアだから、大虎がおりないと、バックシートのふたりは、車からでられない。大虎はブタをおしのけて、栗野をふりかえった。

「ほっといたほうが、いいんじゃないかな、栗野さん」

「だが、女だぜ」

と、小きんが口をだした。それに、ブタが同調した。

「そうだ。男なら、知ったこっちゃねえけどよ」

「でも、どんなつらか、わからねえのに」

大虎はドアをあけて、雨のなかにとびだした。つづいて、ブタと粟野がおりる。オイスタ・ホワイトのスプリング・コートを、寝棺にかけた白い布みたいにひろげて、女はたおれていた。黒っぽいシームレス・ストッキングの足が、ヘッドライトのつくる陰影で、ひどく肉感的に見える。白いハイヒールをきちんとはいて、酔っぱらいが、小笠原流で寝ているみたいだった。

だが、粟野がだきおこしてみると、顔は白墨を塗ったようだった。白っぽい口紅を、つけているせいだけでは、なさそうだ。コートは襟《えり》もとだけのひとつボタンで、片前がすっかりひろがって、黒い毛あしの長いスウェーターを、のぞかしている。ふくらんだ胸に、粟野は手をあてた。

「死んでるのか?」

ブタの声は、ふるえていた。

「心臓は、動いている。コートがそんなに濡れてないところを見ると、ほうりだされて、まだ間がないな」

「車んなかで、いただかれてよ、棄《す》てられたんじゃねえのか」

大虎が、いった。その肩ごしに、小きんのひねた顔がのぞいて、

「あれ、こいつ、さっきの女じゃねえか。ほらよお、ガン・ルームで、ブタがあっさり、あしらわれた」

「そうだ。どっかで見たようなお顔《めん》だ、と思ったら」

宵の口、この四人は、錦糸町の映画館通りにあるガン・ルームで、暇をつぶしていた。ガラス張りの箱のなかに、小さなブリキの動物や、西部の悪漢や、宇宙の怪物が、電気じかけで動いている。それを、備えつけのライフル銃や、拳銃で射《う》つと、音はしないが、命中すれば、的がたおれて、スコアボードにあかりがつく。一回二十円だが、得点によって、長くつづけることもできる。ガン・ルームは、そんな機械が、十台ばかりおいてある遊び場だ。おもちゃの拳銃そのもののほうは、値段も高いし、変った種類の輸入が、はかばかしくないせいか、ガン・ブームもおわった、といわれているけれど、安直に遊べるこういう場所は、盛り場にふえている。そのなかでも、この店は、草分けのほうだった。

栗野はいちばんむずかしい機械と、取りくんでいた。ガラス箱のなかに西部の町があって、スコアボードは、シェリフ側、アウトロウ側とふたつにわかれている。スロットに硬貨をいくつか入れると、西部の町の柱のかげや、馬車のかげから、ブリキの無法者たちが、

かわりばんこに、顔を出す。それを、コルト・ピースメーカーで射つのだが、まごまごしていると、無法者の拳銃に豆電球がついて、アウトロウのスコアがふえていく。無法者は大勢、こっちはひとりだから、忙しい。しかし、粟野は一回、相手に射たれただけで、シエリフのスコアに、数字のあかりを、ふやしていた。

「粟野さん、うめえなあ」

そばで見ていたブタが、肩をたたいた。大虎や、ブタの口調でも、それから、こいつは読者に見えるはずもないが、ひとりだけ、上下そろった薄墨いろの背広に、上衣《うわぎ》の裏地とおなじ模様のヴェストをきている、といえば、おわかりだろう。粟野治郎は、あとの三人より年上で、いつもいっしょに、遊びあるいている仲でもない。顔見知り、というていどだったのだが、前の晩、麻雀をつきあって、すっかり気があってしまったのだ。一日くわして、遊ばしてもらったので、三人は、いい兄きを、見つけた気だった。

「これ、ふたりでも遊べるんだわ」

女の声がしたので、ブタはふりかえった。うしろのガラス箱には、毒どくしい緑のジャングルに、猛獣が右往左往していて、拳銃が二丁ついている。スコアボードもふたつあって、ひとりでも遊べるし、ふたりで命中率を競うことも、できるようになっている。スロットに硬貨を入れてから、それに気づいた女が、感心して、ひとりごとをいったらしい。

「そうですよ。ふたりのほうが、おもしろいんだ。おつきあいしましょうか」

白いコートをすらっときた女の、腰つきと胸の厚みを、ブタは一瞬のうちに目測した。相手が返事をしないうちに、左がわの拳銃をにぎって、

「さあ、いきますよ」

女は悪びれずに微笑して、引き金をひきはじめた。勝負はあっけなく、おわった。

「あははあ、おれの勝だ。なにを賭けたんだっけ？」

「そんなこと、きめてなかったわ」

「いまから、きめればいいさ。負けたほうが、勝ったほうに、つきあうんだ。楽しいぜ」

ブタは女の胸に、手をのばした。女は胸をそらして、ハンドバッグをひらいた。バッグの口金は、ブタの手をくわえて、勢いよくしまった。

「痛え！」

「あら、ごめんなさい。時計を見よう、と思っただけなのよ。このバッグ、男のひとを見ると、じゃれてしようがないの」

女はもう一度、バッグをひらいた。ブタの手がどくのを待って、なかから時計をとりだした。それが、蓋《ふた》つきの懐中時計だ。あっけにとられているブタの鼻さきで、女は文字盤をながめてから、のどかな音をさせて、蓋をしめると、

「約束の時間だわ。もういかなくちゃ。さよなら」

コートをひるがえして、白い蝶は、とんでいってしまった。


やれやれ、申しぶんない幕のあけかたをしようと思ったら、説明に逆もどりばかりして、すっかり、手間がかかった。小雨にけむる京葉道路に、四人が車をとめてから、まだ二、三分しか、たっていない。その証拠には、大虎が前方にみとめたヘッドライトが、ようやく近づいてきて、反対がわのはじっこにとまった。若い男がおりてきて、四人の背中へ声をかけた。

「どうかしたんですか？」

大虎とブタは、とびあがった。ふたりのあいだへ、男は首をつっこんだ。

「ははあ、やりましたね」

と、いいながら、女の顔をのぞきこむ。とたんに、声の調子がかわって、

「なんだ、お妙じゃないか。あんたたちが、はねとばしたのか」

栗野からひったくるようにして、白いコートにつつまれたからだを、男はかかえおこした。くしゃくしゃの千円札を、にせものか、ほんものか、見わけるような目つきで、栗野は男の顔を見つめた。

「おどろいたな、こりゃあ。きさまとこんなところであおうとは、思わなかったよ、桑山。この女、知ってるのか」

「粟野か。そっちこそ、おどかすなよ。知ってるんだ。知ってるやつが、知ってるやつをはねとばすなんて――」

「馬鹿いえ、おれたちが、やったわけじゃないんだ」

「とにかく、こりゃあ、救急車を呼ばなきゃいけない。トールゲイトに、電話があるだろう。だれか、いってきてくれ」

「だめだ。おれたちの車、無断借用ものなんだ」

「まずいな。ほっとくと、死んじゃうぞ。知らないやつなら、かまわないが」

「きさま、医者だったろう」

「免許を取りあげられたよ。しようがねえ。患者はそっちの車に、収容してくれ。おれのにのったら、健康体でも、病気になりかねない」

「よしきた。手つだえよ、ブタ」

粟野は女を起して、腋《わき》の下に手を入れた。ブタが、両足をかかえる。小きんが、車のドアをあけた。桑山と呼ばれた男は、

「きみは手足が丈夫そうだから、おれの車にのれ。ハンドバッグが落ちてるぞ、そこに」

と、大虎に顎《あご》をしゃくって、道路の反対がわに駆けもどった。見おぼえのある黒いビニール・バッグをひろいあげて、大虎はあとにつづいた。

「なるほど、このポンコツじゃあ……」

足腰の弱いやつは無理だ、といいかけて、大虎は、あわてて口をおさえた。もうフロントシートにのりこんでいた桑山は、うしろのドアをあけてやって、

「クラシックカーといってもらいたいな。さあ、早くのってくれ」

たしかに、クラシックにはちがいない。なにしろ、ステップがついているのだから。といっても、ドイツのマイバッハ・ツェッペリンとか、フランスのイスパノ・スイザとか、イギリスのロールズ＝ロイス・シルバー・ゴーストとか、アメリカのデューセンバーグとか、あたり年の葡萄酒になぞらえて、ヴィンテージカーと呼ばれるような逸品ではない。どうやら、フォードらしいが、障子でいえば、煤《すす》けてあっちこっち破れたやつを、派手な包装紙や、まっ黒な新聞で、切り張りしたようなしろものだ。

それでも、大虎がのりこむと、あんがい出足よくお尻をふって、走りだした。乱暴なターンをして、フォルクスワーゲンのさきに立った。

「あれにつづけ」

栗野は女を膝にだきかかえながら、ハンドルをにぎる小きんに、下知をくだした。小き

んはうなずいて、スタートさせた。そのとなりから、ブタがふりかえった。真夜中の鏡みたいに、不気味に見える女の顔を、のぞきこみながら、

「大丈夫かな。とちゅうで、いかれちまや、しねえだろうね」

「わからない。脈は弱くなってる。内出血してるんじゃないかな」

「アウトになったら、どうしよう」

「知るもんか。桑山が知ってる女だってんだから、なんとかするだろう」

「あの男、信用できるんかい、粟野さん」

「高校で、いっしょだった。あたまの回転は、フォア・スピードぐらいに、切りかえのきくやつだ。医者になったはずなんだが、なにかでしくじったらしいな。ない金でも、つかいたがる先生だから」

フォルクスワーゲンは、贅肉がついて引退した曲馬団の馬みたいに、ぶざまにはねあがるポンコツのお尻について、走っていった。

陥没したシートに、腰をおろした大虎は、雨に濡れたあたまを気にしながら、桑山の背中に話しかけていた。

「あの女、ほんとに、知ってるんですか」

「うそをついて、怪我人をしょいこむ馬鹿は、いないだろ。お妙とか、妙ちゃんてだけで、苗字は知らないがね。亀戸あたりの深夜喫茶で、よく見かけるフーテンだよ。へんなやつなんだ。ボタンのぜんぶとれた前あきのワンピースを、ベルトのかわりに、縄でしめつけてさ。だれにでも近づいていってって、ボタンにするんだから、百円玉くれない、これじゃ、みっともないでしょう、といったとたんに、ぱっと胸をひらく。一瞬、ブラジァなしのおっぱいが、薄闇にひらめくってのが、十八番《おはこ》でね」

「おれもいっちょう、拝見したいもんだな。でも、きょうは、恰好いいとこ、見せてたじゃないですか、白黒のアンサンブルで」

大虎は平手で、あたまをなでまわした。十年ばかり前に、ちょっと流行しかけた刈りかたを、なにかで見て、リヴァイヴァルさせた気なのだろう。てっぺんは短く、GI刈りなみにそろえて立たせ、両わきは長く、リーゼント・スタイルになでつけてある。大虎は知らないらしいが、二十年ほど前、アメリカでこの髪がたを、はやらせた張本人は、俳優のリチャード・ヴィドマークだ。

知ったかぶりして申訳ないが、せっかく知っているのに、黙っているのも癪《しゃく》だから、書いておく。二十世紀フォックス社の『死の接吻』という、ヴィクター・マチュア主演のスリラーに、トミイ・ユドオという爬虫類みたいな殺し屋の役をもらって、映画初出演したとき、なんとか、出てきただけで、観客を、ぞっとさせてやろうと、苦心惨憺《さんたん》、考案したのが、例のハイエナ・ラフィング、夜ふけの森に虚《うつ》ろにひびくハイエナの叫びのような笑いかたと、この髪がただったという。眉がないみたいな金壺《かなつぼ》まなこと、弛緩したようなくちびるに、此《こ》の髪がたはぴったりで、センセーションを起したものだそうだ。

そういう両わきの長い髪だから、雨をうけて、なでまわした手は、べったり濡れた。大虎はハンカチなんぞ、持たないたちだ。ふと思いついて、わきにおいてある女のハンドバッグを、ひらいてみた。ブタをあきれさせたアンパンみたいな懐中時計は、すぐ目についたが、ハンカチは見あたらない。もうひとつ、目についたものがある。一枚の紙きれだった。

フロントシートでは、桑山がハンドルをあやつりながら、答えていた。

「ぼくも、あんなちゃんとした恰好、見たことないな。趣味の程度としては、たいしたことはないが、お妙としては、まともすぎるくらい、まともだよ」

「待ってくださいよ、桑山さん。お妙ってのは、本名かねえ」

「どうして？」

「ここに、こんなことが書いてある。ほら、これ、バッグの中へ入ってやがった」

大虎が肩ごしにさしだした紙片を、桑山は左手でうけとって、目の前にかざした。私製ハガキをふたつに切ったもので、はっきりしたペン書きの文字が、ならんでいた。

「このハンドバッグをおひろいの方は、左記へお届けください。薄謝をさしあげます、か。あんがい、用心ぶかいたちなんだな。きれいな字だ、こりゃあ」

その次には、世田谷区深沢町の住所と電話番号と、財田《たからだ》千寿子《ちずこ》という名前が、書いてある。

「がめつい名前だな。財《かね》のとれる田んぼに、千年の寿命をもって、生れたってわけか。どうもおかしい。バッグごと、見せてくれ」

「あいよ」

大虎は中腰になって、ハンドバッグを、前のシートにおいた。とたんに、車が大きく揺れた。大虎のあたまは、天井にあたった。ごきん、と鈍い音がした。

「道が悪いから、しっかりつかまれよ」

桑山の声は聞えたが、大虎はあたまをかかえこんで、返事ができなかった。車が中風やみの幽霊みたいに、ワイパアをぎくしゃく振りながら、京葉道路をではずれて、千葉街道へまわりこんだのだ。

桑山は左手でバッグをひらくと、シートの上に、器用に中身をふりだして、ひとつひとつ見ていった。

「大したものは、入っていないぜ。鼻紙に財布——ビーズを編んで、自分でつくったものらしいな、こりゃあ。在中金額わずかに、一千二百七十円なりか。財田地方は、目下のところ、饑饉《ききん》らしいね」

「大丈夫かな、桑山さん。片手運転で、この雨、この悪路、この車、三拍子そろっちゃってるのに」

「安心しろよ。財田か。世田谷の財田さん、おもてで七福神が待ってます、か。どこかで聞いた名前だな。おつぎは懐中時計。しかも、蓋つきだ。これが、おかしいよ。なんだって、こんなもの、持ってるんだろう」

「時間がわからないと、なにかと、不便だからじゃないのかな」

「おそれいりました。たしかにこいつは」

と、桑山は、ハンドルにかけた右手首に、竜頭《りゅうず》をうしろむきにして、はめてある腕時計を、ちらっとながめた。

「正確な時間をしめしているから、あると便利だね。ウォルサムだ。舶来の時計といえば、まずウォルサムって時代があったそうだから、そのころのものかもしれない。さすがに、矍鑠《かくしゃく》たるもんだな。側は銀で、別誂《べつあつら》えだろう。凝った唐草模様が、彫ってある。いまじゃ、実用品っていうより、それほどの値はつかないにしても、骨董品だぜ、こりゃあ」

大虎はようやく気づいて、耳のうしろをかきながら、

「だって、腕時計はしてなかったようだから……」

「おあとは、安物の懐中鏡に、都電の回数券。ハンカチと化粧道具らしきもののないのは、妙だな。おやおや、チューインガムのサービス券が五枚、出てきた。特賞にあたると、アベックで、パリかローマのどっちかへ、いけるんだとさ。彼女、パリパリのローマンティストらしいぜ。こんなもの、ためこんで、かわいいじゃないか。あたったら、おれを誘ってくれないかな」

とたんに、車は左へあたまをふって、がくんとなにかに乗りあげた。ふえっ、というような声をあげて、大虎はフロントシートにしがみついた。

「おどろくなよ、おれの巣についたんだ」

フォルクスワーゲンも、うしろでとまった。桑山はライトを消して、ポンコツから、おりた。ブタと栗野が、青葉のにおいのこもった闇のなかを、近づいてきた。雨はさっきから、はにかみ屋の恋人みたいに、激しくなりかけては小やみになっていたが、いまは顔にあたっても、気にならないくらいだった。

「おい、早くなんとかしないと、いけないんじゃないか。脈がひどく不規則になってきた」

せかせかした調子で、粟野がいった。ブタも大きくうなずいて、

「くちびるが、どす黒くなってきたみたいですぜ」

「内臓がやぶれでもしたのかな。だとすると、手におえないぞ。おれの専門は、外科にはちがいないが」

桑山は、眉間に皺《しわ》をよせた。粟野はちょっと、ためらってから、

「近くに、病院はないのか。あっちの車が、巻きぞえになりさえしなきゃ、いいんだからね。きみの車で、かつぎこむんだ」

「おれひとりに、人命救助の名誉を、あたえてくれようってのか。きみたちは、逃げだして。ありがとう。ありがとう」

「おれも、ついてくよ。とにかく、きみの知ってる女なんだから」

「それが、変なあんばいでね。どうやら、ひとちがいをしたらしいんだ」

桑山はハンドバッグの口金を、あけたりしめたりしながら、小声でいった。宵の口のことを、思いだして、ブタがいった。

「気をつけたほうが、いいですよ。そのバッグは、男性に噛みつく癖があるから」

「そう、気をつけるべきだったな。おれたちは、余計なものを、ひろってきちまったらしいよ。しかし、ことによると、すばらしい廃物利用が、できるかもしれない」

闇になれたブタの目に、桑山の顔が見えた。その口もとは、なんともいえない奇妙な微笑を浮かべていた。

だが、モナリザの微笑とちがって、桑山の微笑のなぞは、すぐにとけた。そのなぞが、どんなものだったかは、もうひとりの私に、書いてもらうことにしよう。

第二歩は外科医の腕で

もうひとりの私が、もっとさきまで、話をすすめておいてくれるか、と思ったら、ほんのとば口で、ストップしているのには、あてが外れた。推理小説のテクニックとしても、これからどんな事件が起って、なにが興味の対象になるのかを、導入部で、はっきりしめしておくべきだったろう。さもないと、読者はなにを推理したらいいのか、なかなか見当がつかないのに、業《ごう》をにやして、投げだしてしまいかねない。

どうやら、もうひとりの私は、伏線を張るのと、張った伏線を見やぶられないように、お喋《しゃべ》りでごまかすのに気をとられ、読者の興味をかきたてることまでは、手がまわらなかったようだ。したがって、私の役目としては、この物語の主題を、早いとこ、持ちださなければいけないだろう。

「キドナップだよ。誘拐だ。この女のおやじから、身代金をしぼりとるのさ。どうだ。すばらしい廃物利用だろう」

桑山はステップに片足をかけて、おんぼろ車によりかかりながら、いいはなった。

ただし、車はもうガレージに、ひきこんである。あとの四人は、吸音テックスを張った壁によりかかって、桑山の顔を見つめていた。桑山は得意げに、にやにやしながら、四人の顔から顔へ視線を移した。それがまわってくるのを待って、粟野が口をひらいた。

「目算があるのか?」

「そりゃあ、計画しだいだよ」

「どんな計画だ?」

「そいつをこれから、一心不乱に考えよう、というわけさ」

「まごまごしてると、くたばっちまうぜ、あの女」

粟野は、顎をしゃくった。ガレージの床は、セメントでかためてある。波のように鏝《こて》のあとがあって、やたら凸凹なところを見ると、桑山がひとりで、やったものらしい。うす暗い奥のほうに、大きな簀子《すのこ》が敷いてあって、女はその上に寝かされていた。

「そうだな。息のあるうちに、やっておかなきゃ、ならないことがある。ちょっと、待っててくれ」

桑山は、壁ぎわの垂直な梯子《はしご》をのぼった。やはり吸音テックス張りの天井に、四角く穴があいている。そこから二階へもぐりこんで、間もなくおりてきたときには、肩からトランジスタ・テープレコーダーの革ケースを、ぶらさげていた。右手には針を上むけて、注射器を持っている。

「なんだ、そりゃあ」

注射器をゆびさして、粟野が聞いた。

「カンフルみたいなものさ。死にかけてる病人に、どうしても聞きたいことがあるときなんか、よくつかうんだ。ちょっとのあいだ、喋れるようになる。手を貸してくれないか」

「殺しちまう気か、あの女を」

「いいから、いいから」

桑山は注射器を、蠟燭《ろうそく》みたいにささげて、大股に簀子に近づいた。自信あふれる態度にひかれて、粟野も、ほかの三人も、あとにつづいた。

ガレージの奥には、ガス台と水道があった。その前に大きな電気冷蔵庫と、やはり大きな、しかし、不恰好なテーブルがおいてある。桑山は、そのテーブルをゆびさして、

「この上へ、あげてもらおうか」

「よしきた」

粟野があたまを、ブタが足をかかえて、簀子からテーブルの上まで、女を持ちあげた。重くたるんだからだを、そっとおろしたとたん、がたんといって、テーブルが斜めになっ

た。

あたりが静かだから、その音は大きくひびいた。小きんと大虎は、とびあがった。桑山はあわてて、左手を女の胴にまわした。

「畜生、重いものをのせると、すぐこれだ。だれか脚の曲ったのを、直してくれ、ちょっと短いから、週刊誌でも支《か》わないと……」

工具台の上にあった週刊誌を、鷲づかみにして、小きんがしゃがみこんだ。テーブルが水平になって、女をおろしてみると、あたまがはみだした。髪の毛がぞろっと、しゃがんでいる小きんの首すじへ、垂れさがった。小きんは、ぎえっと叫んで、桑山にたしなめられた。

「夜中の動物園じゃないんだぞ。だいじなとこだ。静かにしてくれ」

栗野が女の胴をひっぱって、あたまを安定させると、こんどは足がはみだした。タイトスカートがずりあがって、黒っぽいストッキングが、うすく静脈のういた腿を、くびれさせているのが見えた。ブタが生唾《なまつば》をのみこみながら、おそるおそる手をのばした。その手のひらが、腿に貼りついたとたん、ストッキングの足は、ぴくっとはねあがった。

「脚気《かっけ》じゃねえんだな。冷たくなりかけてるけど、まだ生きてるぜ」

あわてて手をひっこめて、ブタはいった。

「まだ死なれちゃ、困る。みんな、あっちのすみへいってくれ。きみたちの声を録音したって、なんにもならない」

桑山は、テープレコーダーを、テーブルにおくと、粟野に女をもちあげさせて、コートを片袖だけ、ぬがした。スウェーターをまくると、手くらがりも平気で、女の青白い腕に、注射針をつきたてた。

「すぐきいてくる。ことによると暴れるから、押さえててくれよ」

「大丈夫だ」

「きみたち、声をだしちゃいけないぞ」

おんぼろ車のそばにかたまって、こっちを見ている小きんとブタと大虎に、桑山は声をかけてから、テープレコーダーのハンドマイクをつかんだ。

白茶けた女の唇から、よわい呻《うめ》き声がもれた。ねじれるように、からだが動いた。桑山は右手で脈をとりながら、左手のマイクを、女の顔にかざした。

「しっかりしろ。聞えるかね。聞えるね。あまり、動かないほうがいい。あんたは怪我をしたんだ。だが、心配はいらないよ。すぐ楽にしてあげる。しばらくの辛抱だから、聞くことに、返事をしてくださいね……いいですか。大丈夫、大丈夫。あなたの名前は？」

マイクについているスイッチをおすと、革ケースのなかで、テープがまわりだした。女のくちもとから、小さな声がよろめき出た。

「財田……千寿子」

「おところと、おとうさんのお名前は？」

桑山はいったん、スイッチを切って質問してから、またテープをまわして、女の返事をおさめた。

「おとうさんのお仕事は？」

「金融業……です。ここはどこ？　どうして暗いの？」

「ここは病院ですよ」

「おばあちゃんを呼んで――」

「おとうさんか、おかあさんじゃ、いけないかな。時間が遅いから」

「おばあちゃんがいいの。おばあちゃんを呼んで……どうして、手が動かないのかしら。背中がとっても、痛いわ。なんとかしてよ。お医者さんなんでしょう？」

「もうじき、楽になるからね。さあ、目をとじて。話はおしまいにしましょう」

「口をきくから、痛いの？　じゃあ、黙ってるから……早くなおして」

女の声は、ひどく大儀そうだった。桑山は粟野に目くばせして、テーブルを離れると、おんぼろ車のそばの三人に近づいた。粟野がくるのを待ってから、桑山は力んだ低い声でいった。

「どうだ。やる気があるかい？」

ブタは、小きんの顔を見た。小きんは、大虎の顔を見た。大虎は、粟野の顔を見た。粟野はふりかえって、テーブルの上でうなっている女を眺めた。

「どのくらいになる？」

「金か。そうだな。二千万ぐらい頂戴する気で、やろうじゃないか」

「二千万！」

と、小きんは鼻のさきへ、ゆびを二本おっ立てて、

「二千円といったんじゃ、ねえだろうね」

「馬鹿だな。二千円を五人でわけて、どうするよ。二千万円。ひとりあたま、四百万だ」

「ちょっと、信用できねえな」

と、ブタが小声でいった。

「相手にするのは、いいかい。午前九時から午後三時までなら、二億や三億、いつでも現《げん》金《なま》でそろえられるって、男なんだぜ。あれに記事が出てるのを、読ませたろう」

と、テーブルの下の週刊誌を、ゆびさしながら、桑山はいよいよ声を低くして、

「財田徳太郎。そのひとり娘が、ここにいるんだ。かわいい娘のためならば、二千万ぐら

い出すよ、かならず」

「でも、ほっときゃ、女は死んじまうだろ？　死骸にそんな大金、出すかなあ」

と、大虎がいった。

「死骸を売るわけじゃない。おれは最初、あの女を、お妙だ、とばかり思いこんだ。間違いだとわかったときに、こいつは、いけるんじゃないか、と考えた。声を聞いたら、自信がついてきてね」

「そのお妙ってのに、あの女の役を、やらせようってわけか」

栗野は顎をつかんで、うなずかせながら、

「悪くないアイディアだな。おれも乗せてもらおう」

「おれも乗る。大乗り気」

「最初から、やる肚《はら》だったんだ、おれは」

「おれだって」

先をあらそって、三人がいった。

「よし、きまった。行動開始といこう。まずきみたちは、盗んだ車を片づける。遠くに持ってって、乗りすてておけばいい」

「おれが、責任もとう」

と、栗野がいった。

「指紋だけは、念入りに消しとけよ。あしたまでに、プランを立てとく。またここへ、集まってくれ。べつべつにきたほうが、目立たなくていいな。栗野は午後四時、小きんは四時半、ブタは五時、大虎は五時半としておこう。いいね」

「いいけど、ここがどこだか、見当もつかねえ。暗かったからな」

と、大虎がいった。桑山は、壁の黒板にあゆみよって、略図を書いた。

「これが千葉街道だ。曲り角の目じるしは大銀杏《おおいちょう》。駅は下総中山が近い。わかったな。では、あす日曜の午後まで、解散」

「兵隊ごっこみたいだね」

小きんが楽しそうに、もみ手をした。

「これからは、規律が第一だ。命令はまもってくれなきゃ、困る」

「わかったであります」

ブタが、挙手の礼をした。父は陸軍中将で、ときてるだけに、陸軍式だ。

「あの女は？」

栗野は、顎をしゃくった。

テーブルからは、ひきつづいて、かすかなうなり声が、聞えている。

「やさしくいたわって、寝かしてやるよ。目がさめないように。諸君も、彼女のやすらかな眠りを、祈ってやってくれ」

厳粛な顔つきで、桑山はいった。

「じゃあ、あとはまかした」

栗野は、三人をうながして、ガレージを出ていった。大銀杏の下にとめてあるフォルクスワーゲンの走りだす音が、やがて聞えた。


あくる日は、いい天気になって、育ちかけの葉をつけた大銀杏が、枝いちめんに翡翠《ひすい》いろの蝶を、とまらせているみたいだった。桑山のガレージは、午後のあかるさで見ると、お神輿《みこし》をおさめておく庫《くら》かなんかを、改造したものらしい。

四時半にやってきた小きんは、あのポンコツカーが、この珍妙な地上物件から、せりだしてくるところを想像して、にやにやしながら、トタン張りの戸をたたいた。

「やあ、きたね」

戸をあけたのは、栗野だった。昨夜は女がのっていた奥のテーブルの上に、いまは牛乳壜や、食パンのつつみ、バタの紙函《かみばこ》や、トマトケチャップの壜、罐詰ビールや、佃煮の壜詰などが、ところ狭しとならんでいる。そのあいだに顔をうずめて、桑山は背中を見せていた。

「いま時分、めしですか、隊長どの」

と、声をかけながら、小きんは近づいて、

「もう夏だね。歩くと汗になっていけねえ。汗がでると、喉《のど》がかわく。というわけで、あたしもビールかなんか、いただきたいな」

「勝手にやれよ」

桑山は、顔もあげない。小きんは罐詰ビールをとりあげて、穴をあけると、いせいよく噴きだす泡へ、口をもっていった。

「なんだい、こりゃあ。ぜんぜん、冷えてませんよ」

「文句いうなよ。ゆうべ桑山は、ひとりで大奮戦だったんだ。それを見ろ」

粟野は、小きんの肩をたたいて、床のすみをゆびさした。ガーゼや、脱脂綿、油紙のきれっぱしや、新聞紙、いずれも赤黒く不気味にそまったのが、ごっちゃごちゃに棄てられて、山になっている。小きんは顔をしかめながらも、虚勢を張って、

「これと、ビールの冷えてないのと、関係があるかな」

「あるから、不思議さ。冷蔵庫をあけてみなよ」

「まさか、あんた……」

小きんはおずおず、冷蔵庫に手をのばした。とたんに、ふわあっとドアはひらいた。桑山が長い足をのばして、開閉装置のペダルを踏んだのだ。だが、ビールの罐が手から抜けおちたのも、気づかなかったくらいだから、それに気づくはずはない。小きんはなかをひと目みて、顔いろを変えていた。厳重にひもをかけた油紙づつみの、歪んだボールのようなのや、細長いのや、西洋枕みたいなのが、ところどころ、どす赤いものを滲《にじ》ませて、つめこんであったからだ。

桑山が、顎のはずれそうなあくびをしてから、つぶやいた。

「冷蔵庫ってのは、棚をとっぱらっちまうと、あんがい、容積があるもんだね」

小きんはドアをしめると、さっきみたいに、あくといけない、と思ったのだろう。背中を冷蔵庫に押しあてて、

「ど、ど、どうして、こ、こ、こ、こんなことを……」

「きみは吶《ども》りだったのか。大きなまんま、かついで棄てにいくわけには、いかないだろう。ああ、眠くてしようがねえ」

桑山は、またあくびをした。めしをくっていたのではなく、さっきまで、うたた寝をしていたらしい。顔の下には、こまかい字で埋った紙きれが、一枚あるきりだった。

「まあ、すわれよ」

栗野が、ベンチを、顎でしめした。

小きんは、上の空でうなずきながら、水道の栓に手をのばした。と思うと、手をひっこめて、口にあてがい、げえっと腹から逆上してくる音響を、押さえつけた。流しには、桃いろの水をたたえた洗面器がおいてあって、奇妙なかたちの鋏《はさみ》や、大小のメスや、大きな肉切包丁までが、その底に、ぎらつきながら、沈んでいたのだ。

小きんは口を押さえたまま、ベンチにすわった。しばらくしてから、弱よわしい声で、

「これじゃ、水ものめねえや」

「神経質だな。水道から、血は流れだされえぞ」

と、栗野が笑った。

なにをいわれても、聞えないような顔つきで、小きんはベンチに、あたまをかかえていた。だが、五時にブタがやってきたときには、だいぶ落着いたらしい。ブタがテーブルの上の罐詰ビールを所望して、ひと口のんでから、冷えてねえぞ、といったときには、にやりと笑った。冷蔵庫がひらいて、ブタが、ぎゃっといったときには、桑山の足の動きに気づいて、うなずいた。最後にブタが、水をのもうとして、げっといったときには、腹をかかえて笑った。

ブタは恥ずかしそうに、青ざめた顔を、両手でこすりながら、小きんのとなりにすわっ

た。いくらこすっても、青ざめた顔は、なかなかもとにもどらない。だが、五時半に、大虎がやってきたときには、目立たなくなっていた。

「待たしちゃ悪い、と思ってね、一所懸命、歩いてきたら、喉がかわいた」

と、大虎がいったときには、ここぞとばかり、立ちあがった。

「ビールがあるぜ。おれたちもやったんだから、遠慮するなよ」

けれど、大虎は首をふって、

「おれが飲めないの、知ってるだろ。ジュースかコカコーラありませんか。桑山さん」

ブタのがっかりした顔を横目で見て、桑山はにやにやしながら、

「残念ながら、売りきれだ」

「それじゃ、水でがまんしよう」

流しに近づきかかる大虎を、ブタはとびだして、さえぎった。

「待った。待った。それじゃ、順序がさかさまだよ」

「なんの順序がさ」

「いいかい。まずビールをのんで、生ぬるいのに不平をいう。ね、するとだ。粟野さんが、文句をいうな。ゆうべ桑山は孤軍奮闘、皇国の興廃この一戦で、頑張ったんだ。これを見ろ、という順序だよ」

「ぼくはなにを見れば、いいんだい？」

「うしろだよ。そんなとこじゃない。床の上。おどろいたろう？　ええ。その赤いのは、血だぜ。赤インクや、トマトケチャップを、こぼしたわけじゃないんだ。おどろけよ」

「お前が黙ってりゃ、おどろいたかもしれないが、どうもねえ。いまからじゃ、間がぬけるよ。おれの次のせりふは？」

「これとビールの冷えてないのと、関係があるのかい、というんだ。あるかないか、冷蔵庫をあけてみろ……」

「これとビールと関係があるのか。あるかないか、冷蔵庫をあけて……」

「それは、粟野さんのせりふだよ。そこで、うしろをむいて――」

ブタが手本をしめして、冷蔵庫にむきなおった。とたんに白いドアが、ぱあんとあいた。待ってました、とばかり、小きんがいきおいこんで、開閉ペダルを踏んだのだ。はずみをくらって、なかにつまっている油紙づつみがひとつ、床にころげおちた。細長くて、妙な曲りかたをしているが、腕のようだった。

ブタが、ふえっといって、大虎にしがみついた。桑山は、すばやく、油紙づつみをひろいあげて、冷蔵庫に押しこみながら、

「もうよせよ。スリラー・コメディの稽古に、集まったわけじゃないだろう？」

「でも、それ、桑山さんひとりで、やったんですか。大変だったでしょう、血が噴きだしたりして。暴れたりは……」

大虎が眉をしかめて、聞いた。

「まさか、生きているうちに、平気で切りきざむほど、怪物じみた人間じゃないぜ、おれは。床に水を打っといてから、血をあびてもいいように、まっ裸になってやったがね。大したことはなかった。重労働だったにゃあ、ちがいないけど」

薄暗いガレージのなかで、黙黙と死体を切断している全裸の男を、小きんは想像して、身ぶるいした。重労働だった、というから、その全身は、汗で不気味に光っていたろう。ひたいの汗を、血にそんだ手で、ぬぐいもしたろう。力を入れるため、死体に足をかけたことも、あるだろう。だから、両手だけではなく、顔も足も血にぬらめいて、もしも、もれる灯かげにさそわれたひとが、ガレージを窺《のぞ》いていたとしたら、きっと、赤鬼がいる、と思ったにちがいない。

大虎とブタも、おなじような想像をしたらしい。小きんのとなりに鼻白んだ顔をならべて、ベンチに腰をおろした。粟野は桑山のすわっていた椅子を、靴のさきでひきよせて、またがった。桑山はテーブルの上から、紙きれをとりあげると、そのあとのスペースに尻をのせて、「さあ、いいか。これからさきは、きみたちにも重要な任務が課せられるんだから、よく聞いてくれ。その前に、念を押しておこう。いまさら尻ごみするやつは、いないだろうな？」

「おれはもう、さっき作戦を聞いて、成功を信じてるがね。この三人には、きみがボスでも、金の面では、ボスの権利はふるわない。手に入ったものは、平等にわける、ということを、確約したほうがいいんじゃないか、もう一度」

と、粟野が口をだした。桑山は大きくうなずいて、

「もちろん、約束するさ。しかし、二千万の大仕事だから、やさしくはないぜ。きみたちも、覚悟はしてるだろうが」

「そりゃ、もうね。さっきはぜんぜん聞いてなかったから、ちょっとあわてたけど、筋書をのみこんでからなら、落着いたもんでさ。生首のひとつやふたつ、手玉にとって見せますよ」

と、ブタはいった。大虎も胸を張って、

「これでも、役者ぞろいでね」

「立てば仲代、すわれば三船、歩くすがたは裕次郎てなもんで」

小きんが気どったとたんに、ポンコツカーのうしろから、声がした。

「そうかしら。立てばポンピキ、すわればユスリ、歩くすがたはカッパライじゃないかな、

あんたは。人相、悪いぞ。まんなかのひとは、立てばアザラシ、すわればアシカ、歩くすがたはオットセイってとこね。はじっこのひとは、立てば煙突、すわれば土管、歩くすがたは高射砲だわ」

けたたましい声とともに、ひょいっと立ちあがったのは、ジーパンに男もののワイシャツで、大きな風呂敷づつみをぶらさげた娘だった。

「いつの間に、帰ってたんだ？　帰ったら、帰ったといわなくちゃ、だめじゃないか」

桑山が眉をしかめて、呼びかけると、女はぺろっと舌をだして、

「だって、みんな、むずかしい顔してたからさ。邪魔しちゃ悪い、と思って、隠れてたの。いわれたことは、ちゃんとしてきたんだから、そんな顔しないでよ」

「いいから、上へあがって、支度をしろよ。みんなにも、見てもらわなけりゃあ」

「ちぇっ、駅のトイレで、苦労して、着かえたばかりなのに」

風呂敷づつみをふりながら、梯子をのぼって、屋根裏部屋へもぐりこんだ娘を、ブタはふりあおいで、

「なんです。ありゃあ？」

「あれが、お妙っていうイカレ娘さ。ゆうべ、おれは、財田千寿子をあの子と勘ちがいしただろう」

「そんなに似てるかな」

大虎が首をひねった。桑山は笑って、

「いまにおどろくよ。最初から説明するとだね。金がわんさとあるやつの家族から、だれかひとり――ふたりだって、三人だってかまわないが、人数が多いと世話がたいへんだからね。まあ、たいがいはひとり、かわいがられてる息子や、娘をさらってきて、返してもらいたかったら、金をだせ。さもないと、死体にして返すぞ、と脅迫する。これが、営利誘拐、という犯罪だ。英語でいえば……」

「キドナップ。くたびれるのは井戸ポンプ、もらいたいのは無料《ただ》キップ。知ってますよ、それくらいのことは」

と、小きんがいった。

「そんなら、誘拐をやって、成功したやつが少いのは、なぜだかわかるかい？　わからないだろう。まず人質を、だれにも気づかれずにつれてくるのが、むずかしい。ここで顔を見られて、足がついたやつもいる」

「目鼻がつかないで、足がついたんじゃあ、無精者は困るね。いつも靴下を、清潔にしとかないと、みっともないから」

と、ブタがまぜかえすのを、

「まじめに、聞けよ」

桑山は、軽くたしなめて、

「うまく、人質を手に入れたとしても、犯人はその人質に、顔つき、からだつき、言葉ぐせから、監禁された場所なんかまで、おぼえられてしまう。めくらで、つんぼで、鼻つまりの人質でもつれてこないかぎり、こいつ、防ぎようがない。身代金をせしめて、人質を返したとたんに、警察《さつ》はそいつを聞きだして、指名手配だ。ひろい日本が、たちまち小学生の地図みたいに、狭くなる。だが、おれたちの場合は、ありがたいことに、人質がむこうから、ころがりこんできた。しかも、おれたちの顔を、ろくに見もしないで、口がきけなくなっちまった。ところで、このなかに財田千寿子の恋人でもいい。友だちの兄きでもいい。お乳母《んば》さんの息子の友だちでもいい。おやじさんから高利の金を借りて、首をくくった男の息子でも、その息子の恋人の兄きでもいいんだが、なんか、つながりのあるやつは、いないか?」

しまいのほうを、ものすごい早口でしゃべって、桑山はみんなの顔を見まわした。栗野も、ブタも、小きんも、首をふった。

「残念ながら、財田んちの塀に、立小便したこともねえ」

と、大虎は顎をなでた。

「とすると、それだけ、安全率は高いわけだ。おれたちと、財田一家をむすびつけるものは、なんにもないんだからな。おまけに、人質まで死んじまってる、ときちゃあ、つながりがなさすぎて、誘拐にならない。そこで、あの子が必要になってくるんだ」

桑山は、屋根裏をゆびさした。四人の視線が、梯子の上の四角い穴にあつまった瞬間、

「みんな、目のふさぎっこしてよ。あたし、はいてないの。スカートで、下から見られるの、弱いんだ」

けらけら声が、ふりかかってきた。桑山は苦笑しながら、テーブルをすべりおりて、

「あたまから先に、梯子を匍《は》いおりろよ」

「そんなことしたら、もっといい恰好になっちゃうじゃないの。とても無料《ただ》じゃあ、見せられないな」

「しようがねえやつだ。みんな、一列縦隊にならんでくれ」

ブタが先頭、桑山がしんがりで、それぞれ前のあたまに両手をまわして、目隠ししながら、五人はならんだ。うしろのいない桑山は、自分で目をつぶって、

「もうおりても、大丈夫だぞ」

「インチキを発見したら、鼻のあたまへ噛みつくから」

ぶっそうな言葉が聞えたきり、静かになった。背の高いブタは大虎の目隠しがとどくよ

うに、へっぴり腰をしていたので、いちばん先に、待ちきれなくなった。

「まだ目をあけちゃ、いけねえのかよ。膝がガクガクしてきやがった」

「もういいわ。どうぞ、ご覧になって」

さっきのけたたましさとは、打ってかわってしとやかな声が、鼻のさきでした。ブタをのぞく四人は、両手をおろした。次の瞬間、桑山をのぞく四人が、ぽかんと口をあけた。

目をつぶらせたのは、スカートの内部構造に問題があったからではなく、演出効果のためだったのかもしれない。もやもやした黒っぽいスウェーターの肩に、オイスタ・ホワイトのコートを羽織って、おなじ色の短いタイトスカートからは、黒っぽいストッキングの足が、白いパンプスのなかへ、見事に先細りになっている。左手は、ハンドバッグといっしょに腰へ。梯子にかけた右手からは、小さなテープレコーダーの革ケースが、ぶらさがっていた。

けれど、桑山をのぞく四人に、ぽかんと口をあけさせた原動力は、肩より上にあった。さっきは、垢がしみこんだような黄銅いろをしていた顔が、いまは青白く冴えわたり、赤ん坊をひとり丸ごと、おやつに啖《くら》ったあとみたいに、まっ赤だった唇は、白っぽく乾いて、眉も濃く、目も大きくなったように見えた。いきなり、このすがたを拝ませられたら、小きんなぞは、幽霊だ、と叫んで、腰をぬかしていたかもしれない。

ブタは思わず手をのばして、スウェーターの胸にさわろうとした。だが、ハンドバッグに気づいて、手をひっこめると、

「こりゃあ、似てらあ。うん、似てるよ。たしかに似てる。まさか、剝製じゃねえだろうね」

「ご心配なく、ちゃんと生きてますわ」

女はにこりともしないで、ちょっとツイストを踊ってみせた。

「本物より、すこし肥《ふと》りすぎてやしないかな。顔はそっくりだけど」

往復運動ちゅうの腰を見つめながら、大虎がいった。

「あんまり、うるさく註文つけないでよ。サイダーと葛餅だけで、二、三日がまんすれば、瘠《や》せるのなんか、わけないけどさあ」

「いまのままで、じゅうぶんだよ。うまくやってきたらしいからな」

と、桑山がいった。

「われながら、不思議なくらいだったわ。なんしろ、はじめての家だからさ。千寿子ってやつの部屋がどこにあるか、わかんないじゃない？　まごついちゃった。でも、ぜんぜん、怪しまれなかったわ」

「このひと、静かにしゃべると、声まで似てるな。俳優の素質があるんじゃないか」

と、粟野がいった。桑山は、テーブルに尻をのせると、女の手から、テープレコーダーをうけとって、

「ゆうべ、こいつで録音した千寿子の声を、たっぷり聞かして、言葉ぐせをおぼえさせたんだ。さあ、諸君、もう一度すわってくれ。説明をつづける。耳の穴はふさがれちゃ困るが、口はふさいでてくれよな」

「わかった。妙ちゃんっていったな。立たしといちゃ、気の毒だ。ここへすわれよ」

粟野は、さっきまでかけていた椅子を、女にすすめて、ベンチの三人の仲間入りをした。桑山は、女学校の教壇に、はじめて立った先生みたいに、大きな咳ばらいを二度してから、口をひらいた。

「もうのみこめたろうが、身代金をいただくまで、人質は生きている、と相手に思いこませる必要がある。だから、お妙に死体の代役を、やってもらうんだ。行動の第一段階として、きょう、午後から、財田の家へいってもらった。なぜだか、わかるか?」

「はい、先生」

と、小きんが手をあげた。

「すわったままで、よろしい。はい、答えて」

「替玉がうまくつとまるか、テストするためでしょう」

「それもある。もうひとつには、まだ誘拐されてはいない、という事実を、つくりたかったからだ。妙ちゃん、財田の家へ行ってやってきたことを、みんなに聞かしてやってくれ」

「ええっとね。まずお勝手から入ったの。お手つだいさんが、目をまるくして、『お嬢さん、どうなすったんですか？』なんて、頓狂な声をだすからさ。一本指を口にあてて、そこは通過。部屋がわからないで、廊下をまごまごしてたら、こんどは、婆さんにつかまっちゃった。へんてこな婆さん。『ゆうべは、どこへ泊ったんだい？』っていうから、『お友だちのとこよ』っていったの。そしたら『たまにはいいよ。おとうさんに叱られたら、いつものように助けをお呼び』っていいながら、ソフトキャラメルをくれたわ。それも、最初は四つ粒、手のひらにのせてくれてから、考えなおしたように、ひと粒とりもどして、自分の歯のない口へ、ほうりこむのよ。あたし、完全にめんくらっちゃった」

「金のありそうな家だったかい？」

　と、大虎が口をだす。

「さあね。廊下があっちこっち曲ってて、部屋はたくさんあるようだったけど、古ぼけた家よ。壁には天気図、襖《ふすま》で一年前のニュースが読める、というような」

　大虎は、失望の標本みたいな顔になった。

「財田のおやじってえのは、変りものなんだ。金をふやすのに忙しくて、みえを張ってるひまはない、といってな。膝のたるんだズボンで、平気で歩きまわってるって、週刊誌にも出てたじゃないか」

と、桑山がいった。

「そういえば、金庫だけは、田舎の銀行なんか、顔負けするようなのがあったわ。帰りに玄関から出ようとしたら、おやじらしいのにとっつかまって、お説教されそうになったんだから、その金庫のある部屋で。『友だちと箱根へ、ドライヴにいくんだから、お小言なら、帰ってからにしてよ。ドライヴにいくんだから』って、逃げてきちゃったけど。おやじさん、タイムスイッチの入った電気釜みたいに、湯気立てて怒ってたわ。『車を買ってやらないからって、あてつけがましく、ドライヴ、ドライヴいうな。つかえばつかうほど、丈夫になる足があるんだから、いくんなら、ハイキングにいけ。車にのってたんじゃ、千円落ちてるのを見つけても、なにげなくひろうなんて芸当は、できないだろう』ですって」

「わかったかい、諸君。財田千寿子は、きのうじゃなくって本日、箱根へドライヴに行く途中、誘拐されるんだ」

「それはいいが、妙ちゃんの話じゃあ、財田のおやじってのは、だいぶ渋いらしいな。手ごわいんじゃないか」

　と、粟野がいった。大虎も心配そうに、

「二千万もだすかねえ」

「昔のひとが、こういう歌をよんでるよ。かくばかり偽りおおき世のなかに、子のかわいさは誠なりけり」

「桑山さん、学があるんだな」

　と、ブタがいった。

「ラジオで落語家がしゃべったのを、聞きおぼえたんだ。とにかく、あたまから湯気を立てて、小言をいいたくなるほどの娘なら、かわいさも、ひとしおのはずだよ」

「うん、おれもそう思う。どんなけちでも、間ぬけでも、この道ばかりは、べつのものだっていうから」

　と、小きんが大きくうなずいた。

「その道は行くさきが、ちょいとちがうぜ。出発点はおなじ赤いハートだが、沼地の黒い三角洲へ、くだり坂になってる」

　と、粟野は笑って、

「子どもってのは、だれにとっても、たしかにウィーク・ポイントだ。偏屈なやつだけに、警察を信頼しないって可能性もある。かえって、楽かもしれないな」

「そうなんだ。では、小生が偶然とおりかかって、間違えたことから、われわれの手中に入った金づるの冥福を祈り、その間違えのたねとなったお妙の他人の空似ぶりを、あわせて天なる父に感謝しつつ……」

桑山は敬虔に、十字を切るまねをしてから、こまかい文字でうまった紙きれを、もったいらしくひろげて、

「セカンド・ステップの行動を開始しよう、諸君」

「まず、なにをやらかす?」

と、ブタがひと膝のりだした。

「ここでは足場が悪い。都内に前哨基地をもうける。それを、どこにするかの相談だ」

第三歩は被害者の家で

また私に、番がまわってきた。私の書いた第一章に、もうひとりの私は、勝手な文句をつけている。癪にさわるが、大目に見てやろう。頑張って、たくさん書いてくれたからだ。しかし、偉そうな口ぶりをしながら、大事なことを書きわすれているのは、見のがしておけない。敏感な読者が、わざと省略したのだろう、と勘ぐって、とんでもない推理をしたあげく、立腹されたりすると、困る。そのへんを補足してから、事件を追うことにしよう。

まず桑山がどんな理由で、夜ふけの京葉道路に東京めざして、おんぼろ車を走らしていたか。読者はきっと、疑問を感じたにちがいない。すでにご承知のとおり、桑山は外科医として、開業する権利こそ失ったが、いちおうの手腕は持っている。いっぽうこの世の中には、金はあっても、まともに開業している医者に、治療は乞えない患者がいる。そういう患者たちに、桑山は手腕をふるっているわけだ。このあいだも、錦糸町へんの与太者がひとり、くだらない喧嘩で、腕を刺されたのを診《み》てやった。治療費は、男の約束、何月何日の十二時までに、かならずそろえておく、というその何月何日が、その晩だったのだ。

しかし、軽い事故ならうまくあつかって、金にしてやろうと、京葉道路に車をとめたのが、ご覧のとおり発展して、けっきょく錦糸町にはいかれなかった。それで、あくる晩、つまり前章にのべられた作戦会議が解散してから、出かけてみると、なおった傷に金をはらうのが、惜しくなったのだろう。ついでに、部屋代も踏みたおして、与太者はアパートから消えていた。この損害は、だいぶ応えたらしい。桑山がのちに仲間に対して、やや意地わるな行動をとったのは、そのむしゃくしゃの八つあたり、と考えられるからだ。

もうひとつ、補足しておきたい。お妙に千寿子の服をきせて、財田の家にいかせたのは、テストの意味と、事件発生の日づけを、一日おくらせるためのほかに、まだ目的があった、ということだ。これは、あとで説明してもいいのだが、もうひとりの私の省略のしかたは、ちょっとわざとらしい。千寿子の部屋で、お妙になにかやらせたのを、桑山がみんなに隠しているのではないか、と気をまわした読者もいるだろう。

けれど、お妙がやったのは、千寿子の筆蹟を手に入れることと、部屋じゅうに指紋を残してくることと、このふたつだけだった。筆蹟はそれをまねて、救いをもとめる手紙を書くために、指紋のほうは、すこしも早く身代金を支払って、このおそろしい毒蛇の腮《あぎと》から救ってくれ、という切切《せつせつ》のその手紙が、警察の鑑識にわたったときのために、必要だったのだ。部屋の指紋と一致すれば、字体のみだれは恐怖のせい、ということになる。そんなところまで、考えてあるくらいだから、桑山の誘拐作戦は、慎重そのものだった。

ところで、財田徳太郎は、国電渋谷駅のちかくに、事務所を持っている。古ぼけたビルの三階にあって、男の事務員をひとりだけ、つかっている。午前十時から午後六時まで、徳太郎か、父の徳造が、かならずそこにいることになっている。事務員が帰ったあと、火の用心に気をくばってから、念入りに戸じまりをして、帰るのだ。

その月曜日にも、午後六時十五分に、徳太郎は、うす暗い廊下にでて、ドアの錠をおろそうとした。廊下には、男がひとり立っていた。

「財田徳太郎さんですね。ちょっとお話があるんですが」

「どなたのご紹介です？」

徳太郎は、鍵穴に鍵をさしこみながら、無愛想に聞きかえした。

「紹介状がいるんですか？　ごく簡単な話なんだけどな」

男の顔は帽子の下に隠れていたが、声の様子では、まだ若いらしい。

「またにしてください。心配ごとがあって、急いで帰るところなんだ」

徳太郎は、鍵をぬこうとした。その手を、季節はずれの革手袋をはめた手が押さえた。

「心配ごとって、お嬢さんのことじゃありませんか。だったら、お嬢さんから紹介状をもらってくればよかったな」

「あんた、娘を知ってるのか？」

「立ち話もなんですから、なかへ入りましょう。この廊下は暗くって、陰気でいけない」

男は鍵をあけて、ドアを押した。

「千寿子になにか、たのまれてきたのかね」

「まあ、そんなとこです。窓をあけましょうか。ご覧なさい。夕焼けがきれいですよ」

「そんなもの、見たくないね」

「じゃあ、下界の眺めは、いかがでしょう？」

窓の下には、有刺鉄線でかこった空地とのあいだに、細い坂道がある。徳太郎は、男に肩を押されて、窓から首をだした。坂のとちゅうに、男がひとり、女がひとり、ならんで立っている。ま上からのせいで、いじわる鏡にうつしたみたいに、平べったく見えた。

盛り場の夜は、まず露地に溜《たま》って、大通りへあふれだしていく。この坂道も、空よりさきに、暗くなりかけていた。けれど、女が白いコートをきていることは、よくわかる。徳太郎の肩が、悪い予感に、ぴくりとふるえた。窓の下では、男が女の顎に左手をかけた。ぐいと持ちあげる。恐怖が白く乾いて、楕円形にかたまったような顔が、かくんと上をむいた。その顔に、まんまるなスポットライトがあたって、目鼻立ちが、はっきりした。男の右手が、懐中電灯をさしつけたのだ。

「千寿……」

徳太郎は、声をあげようとした。下でも、女が口をひらきかけた。とたんに男の左手が、顎からはずれて、大きく頬にひらめいた。白いコートのからだが、ぐらりと揺れた。あっ、と叫んだにちがいない。千寿子は、頬を手でかばった。徳太郎は、声をのみこんだ。その耳に、帽子の男がささやいた。

「そう。大声を張りあげても、なんにもならない。お嬢さんが、痛い思いをするだけですよ。これで、ぼくの用むきは、おわかりになった、と思いますが……」

男は胸ポケットのハンカチをひきぬいて、窓から垂らした。下の男は懐中電灯を消すと、コートの細い腕をつかんだ。ひきずられて歩きだしながら、白い顔が、なんどもなんどもふりかえって、窓をあおいだ。徳太郎は窓がまちを、ぎゅっと両手でつかんだまま、こわばった顔だけを、帽子の男にねじむけた。

「き、き、きさまは……きさまは……」

「落着きなさい。興奮すると、消化が悪くなる。それに――」

男はいいかけて、はげしく咳きこんだ。ハンカチを口にあてながら、窓に片手をのばし

て、

「しめましょう。ぼくは、風にあたるのが、きらいなんです。ところで、時間がないから、ざっくばらんに、お話ししますがね。即金五百万円で、お嬢さんをお返しする、というのは、どうです？」

「五百万！」

と、口走ってから、徳太郎は、あやつり人形のように、デスクのうしろへ歩いていって、へたへたと腰をおろした。

「五百万円、いますぐにか？」

「即金というのは、そういうことでしょう。五体健全のまま、お嬢さんが帰ってくるんだから、安いもんだ。値切らないでくださいよ。ああいうきれいなひとの指を切りおとしたり、足をとりはずしたりするのは、いやですからね、ぼくらだって」

男はハンカチのなかに咳をしながら、ふくみ声でいった。

「そんな大金、あるもんか」

「千寿子さん、ひとり娘でしたね。かわいいでしょう。億という金を動かすあんたが、しみったれたことを、いわないでくださいよ」

「ここには、ないんだ」

徳太郎は、貧乏ゆすりをしながら、男を見あげた。帽子の下には、うすく色のついた大きな黒ぶちのめがねと、青白い皮膚が、ちょっぴり見えるだけだった。鼻から口へかけては、ハンカチに隠されている。

「ここでは下相談をするだけで、金の受渡しは自宅でやることにしている。かばんの中身も、書類だけだ。手形なら、用紙はあるから書いてもいいが、五百万とは……」

「笑わせないでください。咳がとまらなくなる。こういう話は、世界じゅうどこへいっても、現金取引ですよ。ないなら、けっこう。またにします」

「千寿子は……」

「こわれないように、気をつけてあつかいますよ。こんどはお宅のほうへ、連絡します。しばらく、動かないでください。あんたを閉じこめて、ぼくは帰る。鍵は階段のところへ、おいていきますからね。出たかったら、電話でだれかを呼ぶんですな。一一〇番でもいいが、すぐはいけない。一時間以内に、ぼくが相棒のところへ帰らないと、どうなるか教えときましょう」

男は帽子のひさしを、ちょっと指でつきあげて会釈をすると、大股にドアへ近づきながら、芝居がかった調子でいった。

「とぎすましたナイフが、まっすぐ、すべりこむんです。お嬢さんのかわいらしいお乳の下へ。もちろん、左のね」

男がたちまち、ドアのむこうに隠れるのを、目を三角にして、徳太郎はにらみつけていた。視線にこめられた憎しみのヤニで、まっ黒にそまったような人影が、ほんのしばらく曇りガラスに淡くうつった。だが、錠のかかる音がすると、それも消えた。

徳太郎は、あわてて、立ちあがった。はずみで椅子がたおれたのも、ほったらかしにして、戸口に走りよった。ノブをまわしても、ドアはあかない。あの男のいうことは、月掛貯金の勧誘員とちがって、口さきだけではなかったのだ。体あたりすれば、錠前をこわすことぐらい、できるかもしれない。だが、それでは修理するのに金がかかる。徳太郎は、にわかに重くなった足を、フランケンシュタイン博士の怪物みたいにひきずって、窓に近づいた。ガラス戸をあけて、すっかり暗くなった坂道へ、熔《と》けた鉛のようなため息を落した。それを、ひろってくれるものは、だれもいない。

徳太郎は、あたまをかかえて、デスクにもどった。電話機がひとつあるだけで、デスクの上には、灰皿ものっていない。まっ黒な電話機は、悪意のかたまりみたいに見えた。徳太郎は、のばしかけた手をひっこめて、考えつづけた。自宅へ電話をかけたら、おやじとおふくろが、千寿子からいえば、おじいちゃんとおばあちゃんが、ゼンマイ仕掛けの消防自動車のように、大騒ぎをして、駆けつけるだろう。大じいちゃんも、くるかもしれない。

その留守に、さっきの男が電話をかけてきたら、たいへんだ。

「そういえば、あいつ、一一〇番にかけてもいい、といったな」

徳太郎は、つぶやいた。誘拐犯人というのは、警察へ知らしたら、子どもの命はないぞ、と嚇《おど》すのがふつうだろう。それが、逆にすすめたところを見ると、よほどやつら、自信があるにちがいない。急にいても立ってもいられなくなって、徳太郎は受話器をとりあげた。

一一〇番に連絡すれば、きっとパトカーがきてくれて、家まで送ってくれるにちがいない。タクシー代をつかわずに、急いで帰るには、これが最良の方法だ。だいぶ時間もたったから、もうダイアルをまわしても、いいだろう。徳太郎はふるえる指さきを、数字の穴にかけた。三回まわすと、力づよい声が答えた。

「はい、こちら一一〇番」

パトカーのサイレンは、電話を切ると、すぐ聞えた。徳太郎は生れてはじめて、税金は払っとくもんだな、と思った。間もなく、ドアをたたく音がして、

「財田さん、おられますか」

「おられます。おられます。ひとり、おられます。早くあけてください。鍵は階段の上に、おいてあるはずです」

徳太郎は、ドアにすがりつくようにして、大声をあげた。

「そんなに、どならなくても、大丈夫です。鍵はひろってきました。いまあけます」

ドアがあくと、いかめしい帽子の下に、うす黄いろのめがねをかけて、制服の警官が入ってきた。油断なく拳銃に手をかけて、部屋のなかを見まわしてから、小腰をかがめると、デスクの下まで、のぞきこんだ。

「犯人は、どこにいます?」

「机の下になんか、いませんよ。かくれんぼじゃあるまいし。鍵をかけてったくらいだから、逃げたんです」

「ああ、そうか。どこへ逃げました」

「知るもんですか。そんなことより、早くわたしを、家まで送ってってください。誘拐犯人が電話をかけてくるんだ」

「しかし、本庁から、ひとがくることになってますんで、それまでは無理です。ここにいてください」

「本庁のひとって、なにしにくるんです?」

「そりゃあ、しらべにですよ。誘拐といやあ、なにしろ、たいへんなことだから」

「だから、こっちも早く帰りたいんです。まだ家のものは、娘が誘拐されたことを、知らないんだ。わたしが帰らないうちに、電話があったら、大騒ぎになる」

徳太郎は、腰にはさんだ手ぬぐいをとって、顔をこすりながら、部屋のなかを歩きまわった。息苦しいような気がして、窓をあけかけると、警官があわてて走りよった。

「ちょっと、待ってください。犯人はそこに、手をふれませんでしたか」

「さわったろうな。やつが窓をあけたんだから」

「じゃあ、離れていてください。あとで、指紋をとります」

「そりゃあ、だめだ」

「どうしてです。捜査に協力していただけないんですか。誘拐されたのは、あなたの娘さんで、ぼくの娘じゃないんですよ。だいいち、ぼくはまだ独身だから、娘なんていやしない」

「なにをいってるんだ、きみは。指紋をとらせないなんて、だれもいってやしない。犯人は、手袋をはめてたんだよ」

「ああ、そうですか。それじゃ、しようがない。どうぞ、いくらでもさわってください。遠慮なく、窓もあけて」

「だれが遠慮なんかするもんか。いったい、いつまで待たせるんです。あんまり待たせると、ほかへたのみますよ」

「しかし、警察は東京にひとつしかないんですからな。やはり、わたしたちに、まかしていただきましょう」

戸口で声がして、帽子をかぶった男が入ってきた。さっきの誘拐犯人が、もどってきたのか、と思って、徳太郎はぎょっとした。だが、こんどのは背が低くて、大鵬がふくらました空気枕みたいに、ふとっている。あとから三人ばかり、部屋のなかを見まわしながら、入ってくるのを見て、徳太郎はいった。

「ああ、本庁のかたですね」

「捜査一課の福本です」

空気枕はうなずいてから、かたわらの針金細工の鶴のような男を、ふりあおいで、

「こちらは、勿来《なこそ》部長刑事」

「よろしく。勿来の関の勿来です。吹く風をなこその関と思えども、道もせにちる山桜かな、と源義家が歌によんだ」

部長刑事は、軽くあたまをさげると、意外にやさしい声で、説明した。

「そうですか。ご苦労さまです。早くわたしを家へ送っていただけませんかな。犯人が家へ、電話をかけてくるはずなんです」

「とにかく、いちおう、事情を聞かせてください」

と、福本がいった。

「事情にもなんにも、でたらめな話でして、わたしは帰るところだったんですよ。それを無理やり、部屋へ押しもどして、脅迫したんですからね。娘をとりもどしたかったら、五百——五百万円よこせって」

「五百万。一万円札で五百枚。千円札で五千枚。五百円札で一万枚。百円札で五万枚か。すごいな、そりゃあ」

ドアのところに立っていた警官が、うらやましげな声をあげた。福本はじめ、部長刑事も、ふたりの私服刑事も、いっせいにそっちを見た。警官はあわてて、咳ばらいをしながら、制帽をとったり、かぶったりした。

「その犯人は、どんな顔をしてました？」

徳太郎が話をおわると、福本は聞いた。

「どうも、それが、帽子をかぶっていたもんで」

「でも、帽子の下には、顔があったんでしょう？」

勿来部長刑事が、口をだした。

「そりゃあ、ありましたさ。透明人間じゃなかった。けども、色のついためがねを、かけていたし、やたらに咳をして、口をハンカチで押さえてましたからね。見えたのは、そのう、このへんだけなんです」

徳太郎は、自分の顔に指をあてて、頬骨のあたりを、なぞってみせた。福本は、だぶついた顎の肉を、しきりにひっぱりながら、

「ふん、どんな色のめがねでした?」

「ちょうど、そうです。あれですよ。あのお巡りさんがかけてるのと、そっくりでした。顔のかたちも、似ています」

みんなの目が、戸口の警官にむいた。警官は、できることなら、大きなからだをポケットにしまいこみたい、といった風情で、

「いえ、ぼくは――わたしは、いつも、めがねをかけてるわけじゃないんです。これは弟のを、臨時に借りてきたんで」

そわそわしながらめがねをとると、左の目じりが、火鉢のなかから出てきた一円玉みたいに、黒ずんでいる。

「どうしたんだ、そりゃあ」

と、部長刑事が聞いた。

「じつはその、妹になぐられたんです」

だれも、笑わなかった。福本は、部長刑事をふりかえった。

「財田さんのお宅へ、いってみたほうが、いいようだな」

「だから、お願いしてるんじゃありませんか、最初から。わたしゃもう、気が気じゃないんですよ。早くつれてってください」

せきたてる徳太郎に、福本はうなずいて、

「まいりましょう。その前に、こちらにつとめている方の住所と名前を、教えてください。念のために、しらべてみます。荒垣君、きみ、やってくれ」

「はあ」

テレビのドラマに出てきそうな男前の刑事が、手帳をひろげながら、近づいてきた。

「あれは、無関係だと思いますがね。腕っぷしがつよいだけで、あたまはあんまり、働かない男ですから。こんな商売してますと、いやがらせにくるのがいるんで、用心棒がわりにつかっているんです。いまどき、珍しい正直者ですよ、あたまに、馬鹿がつくくらいで」

「念のために、うかがうだけですから」

「名前は権田保。年は二十九だったかな。住所はと、ええ、目黒区の――」

徳太郎は、すりきれた黒かばんの中から、七ころび八おきのダルマの布表紙がついた大きな手帳をとりだして、

「上目黒三丁目、椿荘というアパートです。独身で、正子という妹がいます。これは、わ

たしんとこで住込みの女中をしてます」

「わかりました。じゃあ、ぼくは――」

荒垣刑事は、すばやい身のこなしで、ドアからとびだしていった。福本は、帽子をかぶりなおすと、徳太郎の肩をたたいた。

「では、いきましょう」

「そういえば、あいつのかぶっていた帽子、主任さんのにそっくりでした。そんなに、かたは崩れてなかったようですが」

福本は、部長刑事と顔を見あわせて、にが笑いした。

「こんな帽子、七百円ぐらいで、いくらでも、売ってますよ」

徳太郎は、福本と部長刑事にはさまれて、警察自動車のバックシートに、のりこんだ。車は道玄坂をのぼりきると、玉川電車の線路に、そって走った。しばらくしてから、勿来部長刑事が聞いた。

「参考までに、うかがっておきたいんですが、おたくのご家族は、何人ですか」

「千寿子を入れて、五人です。私の両親と、祖父と……」

「お年とお名前は?」

「父は徳造、六十八です。母は兼、六十五です。祖父は徳右衛門といって、九十になります。祖母は去年、八十五で死にました」

「みなさん、ご長命ですな。あなたの奥さんは」

「千寿子を生んで、死んだんです。千寿子は二十二になるはずだから、二十二年前ですね、早いもので」

「そりゃあ、どうも。それで、あなたは」

「わたしは生きてますよ、この通り。ああ、年でしたな。四十八です。大正八年の生まれで、己未《つちのとみ》の九紫火星です。ことしの運勢は、あんまりよくないんで、気にはしていたんですが」

「お子さんは、千寿子さんだけで、あとは、さっきお話にでたお手つだいさんですな」

「そうです。そうです。刑事さん、千寿子は、大丈夫でしょうか」

「やつらの目的は、金なんですからね。お嬢さんに危害をくわえたら、金がとれなくなる。ご心配なさらなくても、大丈夫ですよ」

「それに、うかがったところじゃ、無計画なチンピラの犯行じゃなさそうだ。犯人は、インテリ臭かったんでしょう」

　福本が、口をはさんだ。

「ええ、すごみはありましたが、強そうじゃなかった。わたしじゃなくて大じいさんだったら、投げとばして、娘をとりもどしてましたよ、きっと。祖父ときたら、剣術は鏡新明智流、柔術は良移心当流の免許皆伝で、合気道も師範の免状を持ってるくらいでね。根来《ねごろ》流の忍術もできるっていってますが、こりゃあ、あてになりません。いつかも、障子の桟を駆けあがってみせるっていって、めちゃめちゃにこわしたことがありますから」

「元気なおじいさんですな」

「帰ったら、しかられますよ、わたしは。それで、憂鬱なんです」

徳太郎が心配したとおり、深沢町の家にもどると、祖父の徳右衛門は、インディアンの刺青《いれずみ》みたいに、皺だらけだが血色のいい顔を、まっ赤にして、

「日ごろの不行届きが、こんな災難になったんだ。その無礼な下手人を、なぜここまでひきずってこない。わしが、一刀両断にしてやったものを」

新式のメカニズムのついた大きな金庫を背に、ぴたっと正座した老人の小さなからだから、とてつもない声が出て、障子をぴりぴりっとふるわした。刺子《さしこ》の稽古着に木綿の袴《はかま》、てっぺんにまで、皺のよったあたまには、一本も毛がないかわりに、天狗の羽うちわみたいに、大きな耳からは、白っぽい毛が束になってつきだしている。勿来部長刑事は、顔をこすって、微笑をほぐしながら、

「まあ、まあ、そう興奮なさらずに。それで、なんですか。こちらへはまだ、電話はかかってきませんか」

「ええ、まだですよ」

すみのほうから膝をすすめて、おばあさんが答えた。

「あたしはここで、テレビを見てましたからね。電話がかかれば、すぐわかります。それで、あたしたちは、どうすればいいんでござんしょう」

「犯人からの連絡を待つより、しかたがないでしょうな」

と、福本がいった。

「おや、あなたがたは、なんにもしてくれないんですか」

「そういうわけじゃありません。これから、うかがうべきことをうかがって、打つべき手は打ちます。ただ、ふつうの事件とは、ちがいますからね。お嬢さんのご無事を、まず第一に考えなければならないわけで。こちらに、テープレコーダーはございますか」

「ありませんよ、そんなもの。なんにつかうんです」

「犯人が電話をかけてきたら、声を録音したいんです。こちらになければ、警察のを持ってこさせましょう」

「主任さん、さっきから、心配しているんですがな」

いままで目をつぶって、居眠りをしているみたいだった徳造が、義太夫でも語りそうな声で、いいだした。

「息子の話によると、孫をかどわかした若い男というのは、肺病やみのように、咳ばかりしていたそうですよ。病気だが、薬代もない。やけになって、こんなことを考えた、とすると、警察に邪魔されたら、なにをやりだすか、わからないんじゃありませんかな?」

「それでなくったってさ。そんなやつのところに、押しこめられてて、病気でもうつったら、どうしましょうねえ。あの子は丈夫だけど、丈夫なほど、そういう病気には、かかりやすいっていうから」

と、おばあさんがいった。福本主任は、顎のたるみをひっぱって、まんまるい顔をうなずかせながら、

「しかし、自然に顔を隠すために、病人のふりをしたのかもしれませんよ。それに、われわれも捜査は秘密裡にすすめて、新聞なんかには騒がれないように、じゅうぶんに気をつけます。ところで、お嬢さんはきのう、その箱根へのドライヴに、だれとお出かけになったか、わかりませんか?」

「うちは、おじいさんが口やかましくて、いちどお友だちをつれてきたら、気合いをかけて腰をぬかさせちまったもんですからね。それ以来、あの子はなんにも話さないんですよ。

顔も、気性も、あたしに似てるんですもの。ボーイフレンドの五人や十人、いるはずなんですがねえ」

「お嬢さんのお部屋を、見せていただいて、いいですか」

勿来部長刑事が、もう一人の刑事に目くばせして、立ちあがった。福本はあいかわらず、顎のくびれをのばしながら、

「立ちいったことで、失礼になるかもしれませんが、犯人は行きあたりばったり、おたくのお嬢さんを、誘拐したわけじゃない、と思うんです。おたくの電話番号も、知っているらしい。事務所に徳太郎さんが、ひとりになる時間も知っていた。どのくらい、身代金が要求できるかも、しらべたんでしょう」

「徳太郎、わたしはまだ、聞いていないぞ」

徳右衛門が、眉のない目を、するどく光らして、口をはさんだ。

「いくら出せ、と犯人はいっているんだ？」

「うん、わたしもまだ、聞いてなかったな。いい値は、いくらだね」

徳造にも聞かれて、徳太郎はおそるおそる答えた。

「五百万円」

「なんだと！」

徳右衛門の大きな耳が、ぴくぴくっと動いた。徳造も、ひと膝のりだして、

「なんて馬鹿な！」

「犯人がそういったんですよ。わたしが、値をつけたわけじゃありません」

「ものには相場というものがある。国鉄の事故で死んだって、弔慰金は二、三十万円どまりだ。そんな馬鹿げた取引は、ぜったいにゆるしませんぞ」

「お前、ぜんぜん、値切らなかったのか」

祖父と父親につめよられて、徳太郎は小さくなった。

「もちろん、いい値をそのまま、のみこんだわけじゃありませんが、なにしろ、場合が場合だけに、交渉するところまでは……」

「こんどは、わしが出る。いいな。どうも金のことは、お前たちにまかしておけない。いつまでたっても、お前たちがこんなじゃあ、わしは死ねないじゃないか」

徳右衛門は、稽古着からむきだしにした腕を組むと、目をとじて嘆息した。

「その問題は、あとでご相談ください」

と、福本がいった。

「わたしがうかがいたいのは、ですね。ちょうどお話ししかけていたように、犯人はおたくのことを、よく知っているらしい。失礼ですが、だれかに怨まれているようなお心あた

りは、ありませんか」

「だれにでも、敵はあるものでな。ことにこの商売は、理由もないのに、ひとの怨みを買いやすい。これという心あたりはないが、そういうひとがいるかもしれません」

目をつぶったまま、徳右衛門が答えた。

福本警部は、三十分ばかりで、財田邸をひきあげた。営利誘拐だということは、あきらかなので、玉川署に捜査本部がもうけられた。刑事たちは、千寿子をドライヴにさそったのはだれか、財田親子を怨んでいるものはいないか、この二項に焦点をさだめて、洗いだしにかかった。犯人からの次の連絡があるまでは、まわりを足でかためていくより、方法がなかったからだ。

だが、あくる朝になっても、犯人からの連絡はなかった。新聞に一行もでなかったのは、警視庁からの要請を入れて、記事をひかえたせいだった。けれども、新聞記者はあとからあとから、財田の家へおしかけてきた。夕方になって、勿来刑事部長が、夫婦喧嘩をしたキリンみたいに顔をしかめて、長い首すじの汗をふきながら、やってきた。

「玉ちゃん、どうした？　まだなんにも、いってこないか」

玉木というのは、きのう部長刑事といっしょに、福本警部についてきた刑事だ。電話にしかけたテープレコーダーのあつかいようがわからないし、大じいさんが犯人を怒らせたりして、めんどうが起ると困るから、と徳太郎のたのみをさいわい、泊りこんだのだった。

「まだです。いやに落着いてますよ、この犯人《ほし》は。そっちはどうですか」

「まだ歩きはじめたばっかりだから、なんにもわからないさ。だいぶ、新聞屋《ぶんや》さんがきたようだな？」

「ええ、じいさんにけむに巻かれてましたよ。ぼくもゆうべ、悩まされました。根来忍法の秘術で、弾をうけとめてみせるから、拳銃を射ってみろ、というんですよ。胸のところで、拝むみたいに手をあわせて、弾がとんできたら、そのあいだに挟んじまうって、いうんですね。弱りました、これにゃあ」

玉木刑事は、声をひそめて、にやにやした。部長刑事も、思わず吹きだしたのを、咳でごまかして、小声になった。

「犯人《ほし》から電話があったら、合気遠当ての術かなんか、こころみる気でいるんじゃないかな」

「おばあさんがまた、そばにつきっきりでしてね。テレビのスリラーの大ファンなんだそうですよ。拳銃をお尻のところへ斜めにさしといて、上衣のすそをはねあげながら、ぬくところを見せてくれ、といいましてね。そんなの出来ない、といくらいっても、いまどき謙遜なんて、はやらないって、聞かないんです」

「玉ちゃんが女性につきまとわれて、音《ね》をあげてるって、みんなに聞かしたら、よろこぶぞ」

とたんに、音をあげたものがある。電話だ。玉木刑事がすばやく、レコーダーのスイッチを入れてから、受話器をとりあげた。

「もしもし……ああ、主任ですか。ええ、玉木です。勿来さんがきてますよ。犯人《ほし》からはなにも——あったんですか、そっちへ。ああ、新聞社へね。ひでえやつだな。待ってください。いま、かわります」

玉木のさしだす受話器を、部長刑事はわしづかみにして、

「かわりました。勿来です。犯人《ほし》からなにか、いってきたそうですな」

「ああ、毎朝の社会部へ、ちょっと前に、電話をかけてきたそうだ」

福本の声も、いつもより、早口になっていた。

「世田谷の誘拐を知ってるだろう。夕刊にも出ていないようだが、遠慮することはない。血迷ってせっかくの人質を、殺すような無駄なまねはしないから、せいぜい書いてくれ。ついでに、財田の家へことづてを頼みたい。身代金は、一千万円に値上げする。支払方法については、いずれ指示するから、番号のつづいていない古い千円札で、用意しておけ、とつたえてくれ。これだけのことをいって、電話は切れた。なまりのない若い男の声だっ

たそうだよ」

「いたずらじゃ、ないでしょうな」

「関係者いがい、事件を知らないはずだからね、犯人《ほし》と考えるべきだろうな」

「こっちへかけると、声を録音される、と思ったんだな。どうしますか、こちらとしては」

「きみから、家族のかたへ話してくれ。だいぶ手ごわそうな犯人だから、おれたちも緊張しないといけないな。捜査本部にいるから、あとで寄ってくれたまえ」

「わかりました」

部長刑事は、電話を切ると、ため息をついてから、

「玉ちゃん、財田さんにきてもらってくれないか」

「はあ」

玉木刑事は立ちあがった。このへんで私も、もうひとりの私にバトンをわたそう。この章で、ほとんど主要人物はでそろった。あとひとり、これは、推理小説にかかすことのできない役わりの人物が、まだ財田家をおとずれていないだけだ。つまり、ヒーローであるしろうと探偵が。

第四歩は前哨基地で

替りあいまして、また私が顔をだす。どう考えても、もうひとりの私は、センスが古い。章のおわりに、重要人物はぜんぶ勢ぞろいいたしましたが、おっと、ひとり大事なのをわすれてた、もうじき立役者がお目見えしますよ、といった調子で、囃《はや》したてるなんて。これじゃあ、その立役者先生、あたまには耳つきの鳥打帽子、眉のあいだに縦皺をきざみ、うすい唇にはパイプをくわえて、肩をそびやかしながら登場しなければ、申訳がないみたいだ。いまどき、そんなのは、はやらない。

しかし、いちおう、催促されたような気がするから、紹介だけはしておこう。

毎朝新聞に、犯人から電話があった翌日、財田の家に、若い男がたずねてきた。徳太郎も、徳造も、徳右衛門も、玉川署の捜査本部へ出かけていて、留守だった。したがって、徳造夫人のお兼さんが、玄関へ応対にでた。若い男は、ていねいにあたまをさげた。ひどいくせっ毛で、鉢のひらいたあたまの上に、まるでリーダーのいないデモ隊みたいな髪の毛が、あっちへひとかたまり、こっちへひとかたまり、立ったり、寝ころんだり、あぐらをかいたりしている。

「どうもこのたびは、ご愁傷さまです。さぞお力落しのことと思いますが……」

石やき芋の釜をかきまわすような声でいいながら、持ちゃげた顔は、眉が太いかわりに目が細く、唇がうすいかわりに横長で、頰がこけているかわりに顎が角ばっている。もう少しよくなると、グレゴリイ・ペックに似て、もう少しひどくなると、フランケンシュタインに似る顔だよ、と思いながら、おばあさんは答えた。

「いやですねえ。孫はまだ、死んだわけじゃないですよ。あんた、新聞社のひと？」

「いいえ、新聞で読んで、うかがったわけなんですが、こういうものです」

警察はきのう、公開捜査にふみきる決心をして、けさの新聞を、誘拐事件の記事だらけにしたのだ。男は内ポケットから、名刺をぬきだして、お兼にわたした。おばあさんが働きざかりのころ、財田の家は質屋をやっていたから、男の服も、ネクタイも、上物だということは、ひと目でわかる。だが、だいぶ古びて、三十には間がありそうな男にしては、だいぶ地味だ。おまけに、ネクタイの結びめは、禁断症状を起した麻薬患者みたいに、ひんまがっていたし、上衣の肩にはフケ、襟にはタバコの灰が、ふんだんにたかっている。

「赤西一郎太、とおっしゃるんですか」

「武者修行にでもいきそうな名で、すみません」

「あやまらなくても、よござんす。あんたが、自分でつけたんじゃないでしょうからね。肩書がないけど、保険屋さん？　誘拐保険、とかなんとかいうのができて……でも、もう間にあいませんよ」

「ぼくは、ただ……」

「じゃあ、私立探偵かしら。それにしちゃあ――」

スマートじゃないわね、とおばあさん、ジェフ・スペンサーの大ファンだから、いおうとしたが、気の毒になって、やめた。

「探偵事務所をひらこう、と思ったことはあるんです。だけど、おやじも、おふくろも、叩くとケチケチ音がしそうな存在で――落語に出てくる赤螺屋吝嗇兵衛《あかにしやけちべえ》ってのは、うちの先祖にちがいない、と思うんです――お金をだしてくれないもんで、あきらめました。興信所へつとめて、浮気亭主のあとをつけまわすなんてのは、いやですし」

「すると、いったい、どんなご用で？」

「実はぼく、この事件の関係者じゃないか、と思うんです。というのはですね。これを、見てください」

赤西一郎太は、なにかをお兼にわたしたらしい。障子のかげにしゃがんで、耳をすましていた玉木刑事は、しばらく考えてから、立ちあがった。なにを手わたしたか、ぜひ見たい。だが、隙間をつくるために、障子をずらせば、骸骨の歯ぎしりみたいな音がすることを、経験上、知っている。顔をだすのは、早すぎるから、非常手段にうったえる気だ。炭団《たどん》のような梅ぼしを、思いうかべながら、ひとさし指に、たっぷり唾をつけて、障子の目の高さに、穴をあけた。そこからのぞくと、式台に膝をついたおばあさんが、丈夫むきの白いハンカチを、両手にひろげているのが、見えた。

「これはたしかに、孫が持っていたものですよ。あたしが新町の商店街で、売りだしのときに、買ってきたんです。すみにチズコと書いてある。これをあんた、どこでこれを……」

「乗りだすと、土間に落ちますよ、奥さん。落ちるといえば、それも、車のなかに落ちてたんです。まさか、とは思ったんですが、名前が書いてあるし……だから、警察へいく前に、おたくのひとに見てもらおうと——」

「車のなかって、どこの車だ。いつひろったんだね、きみ」

と、いいながら、玉木刑事は、障子をあけて、玄関へとびだした。一郎太は、逃げ腰になりながら、

「ああ、びっくりした。なんですか、あなたは？」

「こちら、刑事さんですよ、捜査一課の。びくびくしないで、早く白状しないと、手錠をかけられても、知りませんからね」

おばあさん、はだしで、土間へおりかけた。

「おどかさないでください。話しますよ。誘拐の片棒、かついだわけじゃない。ぼくはその、車を持ってるんです、一台だけ。フォルクスワーゲンです。探偵事務所をひらくんなら、機動力がなくちゃいけない、と思って、苦心惨憺、金をためて買ったんです。スバルかなんかで、我慢するべきだったかもしれません。でも、スマートなやつを颯爽とのりまわしたほうが、アラ、カッコイイワとかなんとか……」

「我慢しなくてもいいから、早く本題に入ってくれ」

玉木刑事は、武者ぶるいして、先をうながした。

「その車を、盗まれちゃったんです。先おととい、いや、先先おとといだな。夕方で、場所は錦糸町でした。ビルのトイレを無断借用するつもりで、ちょっと入ったすきに、車を無断借用されちゃったわけで」

漫画のウッドペッカーみたいな笑い声をあげかけて、一郎太は、ふたりの顔つきに気づくと、あたまをかいた。

「手っとり早くいいますと、その車がおととい、見つかったんです。もちろん、警察へは届けといたもんで、無事にもどってきたんですが、ぼくがしらべてみますとね。座席の下に、ハンカチが落ちてたんです。癪にさわるから、自分用につかうつもりでいたら、けさの新聞に……手っとり早くいえば、それでこちらへ、うかがったわけなんです。チズコなんて、ありふれた名前だから、むだ足じゃないか、と思い思いきたんですが、きてよかった。しかし、そうなると、いよいよトサカにきちゃうなあ。ぼくの車が、アブダクターのあぶく銭かせぎに、ひと役買ったってことに、なるんじゃありませんか。そうでしょう」

「あぶくが、どうしたって?」

玉木刑事が、聞きかえす。

「アブダクターです。誘拐者って意味ですよ。お嬢さんはドライヴにいくって出かけて、それっきりなんでしょう。ここへくる途中、喫茶店へよって、うちでとってない新聞も、ぜんぶ目を通してきたんですよ。ぼくの車は、練馬のほうの林のなかに、ほったらかしにしてあったんですがね。しらべてみたら、ずいぶん乗りまわしてる。だから、ハンカチが、こちらのお嬢さんのものだったら、誘拐の道具につかわれたものにちがいない、と推理します、ぼくは」

「きみ、その車は?」

「おもてに、とめてあります」

「玉川署まで、同行してくれるね？」

「もちろんです。車の罪ほろぼしに、ぼくで役立つことがあったら、手つだわせてください、奥さん。無料《ただ》で働きますよ、ぼくも、車も。推理の訓練はつんでいます。腕っぷしだって、多少は自信があるし」

「ぜひお願いしますよ、無料《ただ》でね」

おばあさんは力を入れて、相手の言葉をくりかえすと、たのもしげにうなずいた。

「あんたは、舌の廻りぐあいだけじゃなくて、あたまの廻りぐあいも、早そうだから」

「これを、借りていきます」

と、玉木刑事はハンカチを、お兼の手からひったくって、

「犯人からは、かかってこないでしょうけれど、本部から電話があったら、重要参考人をつれてそっちへいった、とつたえてください。赤西さんでしたな。じゃ、まいりましょう」

「刑事さん、車から、指紋をとるんでしょうねえ」

「もちろん」

「実は、こんなことになるなんて、思わなかったから、外がわをみがいたし、ダッシボードもふいちゃったんですよ。でも、がっかりしないでください。バックシートから、とれ

ますよ、きっと」

それから、おばあさんに最敬礼をして、

「またうかがいます。心配なさらないほうが、いいですよ。クライム・ダズント・ペイです。犯罪はひきあわない。犯人はこの大原則を無視して、思いあがっています。思いあがれば、スカートもあがって、かならず、しっぽがのぞくもんです。一千万円だって、馬鹿にしてやがる。いくら、お嬢さんが美人だとしても……」

玉木刑事は、あわてて袖をひっぱって、演説を中止させた。

しろうと探偵は、こんなぐあいに登場したのだが、玉川署さして走りだすフォルクスワーゲンを追うよりほかに、私には、しなければならないことがある。ここで、話をおとといまで逆もどりさせて、犯人たちの動きをご覧に入れたい。おとといといえば、犯人たちが京葉道路で千寿子をひろってから、二日めにあたる。渋谷の財田事務所で、徳太郎の前に、犯人のひとりが立ちふさがった日、つまり、月曜日だ。

このひとりというのは、粟野治郎だった。徳太郎が、警察自動車で、深沢町へ送りとどけられたころに、粟野も、前哨基地へたどりついた。都内にもうけた前哨基地、というのは、粟野自身の家だったが、所在地はしばらく伏せておこう。

ひところ進駐軍に接収されていたくらいだから、洋風建築で、というよりも、西洋館、とカビくさい呼びかたをしたほうがいい。壁をおおう蔓《つる》をはらったら、日にあたった吸血鬼みたいに、たちまち灰になって、崩れてしまいそうな建物だ。一角獣の透かし彫りがある古びた鉄門は、しまったきりで、郵便物は裏口へ願います、と書いた木札が、むすびつけてある。父の名前を隷書体で、浮彫りした大きな青銅の表札が、かつては門柱に埋めこんであった。それを剝《は》ぎとったあとの穴へ、まわりをセメントでおぎなって、ずっと標準がたに縮こまった陶器の表札が、いまでは兄の名前を教えている。だが、兄夫婦は仕事のつごうで、関西へいっている。秋がおわるまで帰ってこないから、門柱のボタンをおしても、ベルは鳴らない。

裏へまわると、トンネルの入口みたいな穴が、塀にあいている。郵便受の口と鍵穴が、小さくひらいているほかは、のっぺらぼうの鉄の扉で、その穴はふさがっている。だが、牛乳箱のわきのボタンをおせば、こちらはベルが鳴る。粟野治郎がいれば、間もなく扉は横すべりして、顔がのぞくことになっている。いなければ、扉もすべらないし、顔ものぞかない。古いといっても、まだお化けがわくほど、土台は腐っていないのだ。

でも、その日はいささか、事情がちがっていた。渋谷からもどった粟野が、ボタンをおすと、しばらくして、塀の中から低い声。

「どなた?」

「火星人じゃないから、入れてくれ」

扉はあいたが、ご心配にはおよばない。顔をだしたのは、粟野の二重人格ではなくて、小きんだった。

「もう、帰ってたのか」

「ああ、みんなで心配してたとこだよ」

塀をくぐると、鼻のさきに、やはり洋風の別棟が建っている。ドアをあけると、八つの目が、いっせいに粟野を見た。そのうちのふたつは、桑山の顔の上のほうについている。おなじ顔の下のほうについている唇がひらいて、

「プロローグは、うまく踊れたかい?」

「もちのろんで、軽く満貫てとこだ。おやじのやつ、娘をあずかったといったら、青くなって、金の話をしたら、赤くなりゃがった。パトカーがくるとこまで、見とどけてきたよ」

粟野は靴をぬいで、傷だらけの板の間へあがった。別棟はひと部屋きりだが、かなりひろい。奥においてある大きなベッドに、ジーパンすがたで寝ころんでいたお妙が、起きあがった。裾のほうについている鉄の手すりに、両手をかけて、

「あたしを娘と信じこんで、胸の張りさける思いをしたわけね、おやじさん」

「きみはなかなか、うまかったぜ」

栗野は、ベッドのあたまのほうへ、腰をおろした。カーテンをしめた窓の下に、かばんがふたつと風呂敷づつみが三つ、おいてある。栗野は、それに気がついて、

「だれか、質屋へでもいくつもりなのか？」

「顔がそろったら、それを説明しよう、と思ってたとこさ」

長椅子のまんなかから、桑山が立ちあがる。両はじにすわっているブタと大虎のからだが、三センチほど沈んだ。ふたりはあわてて、テーブルにつかまった。テーブルの上には、サントリーの角壜と、グラスが四つと、ポータブル・テレビがおいてある。西部劇をうつしていたブラウン管を素顔にもどしてから、桑山はみんなの顔を見まわした。

「こんどの仕事は、ぼくが主犯だ。やりそくなったら、いちばん重い罪を、ご褒美にいただくことになる。そんなことを、心配してるわけじゃないんだが、手に入った金は、平等にわけるとなるとだね。なんだか損みたいな気がするんだな。わかるだろう？　それに、きみたちが上の空で、動かれても困る。いまだってひとり、上の空のやつがいるからな。おい、小きん、聞いてるのかよ」

木の椅子をうしろ前において、またがっていた小きんは、あわてて桑山の顔をあおいだ。

「ああ、聞いているとも。ただ、ちょっとね。あの絵が気になったもんだから」

ベッドの横の壁に、キャンバスが四、五枚かさねて、立てかけてある。手前の二枚が、こちらむきになっているのを、小きんはゆびさした。

一枚は大きなガラス球の上で、道化師が千円紙幣の小旗を手に、玉乗りをしている絵だ。透明な球のなかには、両眼とじて青ざめた女の大きな首が封じこめてある。もう一枚は、あたまのうしろに両手を組んだ裸婦の立像だが、これも、まともな構図ではない。腰に貞操帯をはめている上に、左の乳房が、まるい廻転窓みたいにひらいて、なかから猿が一匹のりだしている。手長猿で、大きな鍵をつかんだ細長い手は、下へのびて、貞操帯の錠前を、ひらこうとしている。夢にうなされたような絵だが、部分部分はくそリアリズムで、お盆みたいな襟がついた道化師の服のダイヤ模様も、千円紙幣も、女の髪の毛も、眉毛も、睫毛も、腋毛まで、あきれるくらい、丹念にかきこんである。だが、二枚とも女の顔はおんなじで、なんとなく、ぜんたいが薄っぺらな感じなのは、つまり、しろうと臭い、ということだろう。

「なんだよ。なんだよ。作戦が無事完了すりゃあ、本物をじかに撫でまわすことだって、できるんだぜ」

顔をしかめて、桑山がいった。小きんは、首と手を大きくふって、

「ちがうんだよ。どうも、似ているような気がするんでね」

　と、弁解してから、ブタと大虎をふりかえった。

「ほらよお、いつだったか、おれたち三人でいただいちゃった女が、いたじゃねえか。あれに、似てねえかな」

「さあ、おれはおぼえてねえな、どんな顔だか、からだだか。おめえは臆病でよ。あの女《すけ》、死んだらしいなんて、くよくよしてたからな。そんな気が、するんだろう」

　と、大虎がいった。ブタはとっくり、キャンバスを眺めてから、

「あんな顔だったような気もするな。これ、だれが描いたんです？　あんまり、うまくないみたいだけど」

「はっきり、いうなよ。おれは、傑作のつもりでいるんだから」

　苦笑しながら、粟野がいった。その顔を、お妙がのぞきこんで、

「あら、あんた、油絵なんかやるの？」

「ただ遊んでちゃ、おやじがうるさいし、小づかいも、ろくにくれなかったんでね。絵の勉強をするって名目で、金をもらってた。名目のてまえと、女の子を裸にするのがおもしろくて、だいぶやってもみたさ。でも、猥褻《わいせつ》で、気味がわるいばかりで、芸術性がないって、先生にはやっつけられる。モデルにも、毛ぎらいされる。もともと、本気じゃないか

らな。おやじが死ぬと、すぐ先生んとこへは、いかなくなった。その二枚も、モデルなしで、かいたんだよ。わりあい新しいんだ」

「そういや、ありふれた顔だな」

と、小きんはいった。

「寄ってたかって、けなすなよ。個展をやるって名目で、兄きから金をまきあげたんでね。その申訳さ。この誘拐作戦が、もうすこし早く、はじまってりゃあ、いい陽気に部屋へとじこもって、絵の具いじりをしないでも、すんだんだ」

「むだ口ばかりたたいていると、また閉じこもらなきゃならないぞ。話のつづきを、聞いてくれ。これは、こうしておいて」

と、桑山は、二枚のキャンバスを、うしろむきにした。

「さてと、つまりだね。みんなの責任を、もっと重くしたいんだ。そうすりゃ、緊張して、失敗もやらないだろうからな」

「具体的にいうと、どういうことだい？」

色あせた花模様の壁紙に、よりかかりながら、粟野が聞いた。

「財田千寿子の死体を、みんなで手わけして処分しよう、ということなんだ。五つにわけて、用意してきた。防腐処理もほどこしておいたし、カムフラージュもしてある。ただ持っていって、棄ててくりゃあ、いいんだ。どこを受けもつかは、くじできめる。異議があったら、遠慮はいらない。手をあげてくれ」

小きんとブタと大虎は、たがいに顔を見あわせた。栗野がまず、口をひらいた。

「しかたがないだろうな。ここまできたら、逃げだせないよ。それが、ますます、逃げだせないことになるんだから、まあ、名案だろう。五つにわけたってのは、そうか、きみはここまでで、おれたちにあとをまかせるんだね」

「そうじゃない。お妙をみそっかすにするのさ。くじはもう、つくってある」

桑山はポケットから、こよりを五本、つまみだした。

「ばらして、加工したんだから、先にひかしてもらいたいとこだが、まあ、いいや。残ったのをひきうける。だれからでも、ひいてくれ」

小きんが、いちばん先に手をだした。四人がひきおわると、桑山は最後にのこったこよりのはじをひろげながら、

「ここに、マークがつけてある。ちぇっ、残りものに福どころか、いちばん大物があたりやがった。星がたで、胴体だよ。これが、そうだ。アイロン台みたいにしてあるんだが」

と、大きな黒いビニールのボストンバッグを、足のさきでなでた。その鼻づらへ、ブタがこよりをさしだして、

「おれのは、赤丸だ」

「そりゃあ、片足だ。まわりを固めて、マネキン人形の足みたいに、塗ってある」

細長い風呂敷づつみを、桑山はゆびさした。小きんがつぎに手をあげて、

「おれのには、三角が書いてあるぜ」

「首だ。そこにある」

「ボーリング・バッグみたいだな」

「みたいじゃなくて、そうなんだ。中には、ボーリングの球が入ってる。いちばん、苦心したやつさ。髪の毛を剃《そ》ったり、鼻をたたきつぶしたりしてね。耳は……」

「わかりましたよ。こう見えても、おれは感受性がするどいんだ。そんな話を聞くと、胸がむかついてくる」

小きんはさかんに、顔をなでまわした。そのわきから、大虎がこよりをさしだして、

「おつぎは青インクで丸ですがね。こりゃあ、ブタとおなじで、片足じゃないかな。だったら、靴下屋に安く売りつけちゃいけませんか、ディスプレイ・スタンドとして」

「けちな金もうけなんか、考えるなよ。右足にするか、左足にするかは、ブタと相談して、きめるんだな」

「すると、おれの三角がふたつは、腕か」

と、粟野がいった。桑山はうなずいて、

「両腕だよ。ちょっと不公平みたいだが、我慢してくれ。おれの胴体にくらべりゃあ、いいだろう。なるたけ遠くへ、始末してくれよ。ことにこの近所、および船橋周辺はさけること。わかったね」

「ただ棄ててくりゃ、いいんでしょ。わけはねえや」

と、ブタがいった。だが、だれも、窓の下の品物には手をだそうとしない。

「それじゃ、つまらない。なるべく変ったやりかたで、始末しろよ。きみなら、たとえば、数寄屋橋の交差点に、自動車ののっかったネオン塔があるだろう。あの窓から、にゅっと片足をだしておくとか」

「しかし、桑山。そんなことをしたら、大騒ぎになるぜ。中身が死体だってことが、わかっちまうじゃないか」

と、粟野が口をはさんだ。

「かまわないさ。指紋はつぶしてあるし、特徴になるようなホクロも、傷もない。猟奇たっぷりの事件だから、新聞は書き立てらあね。身もと不明のばらばら死体。このところ、派手な事件がないからな。すると、どうなると思う」

「なるほどね。誘拐事件にあつまる注意を、分散させようってわけか。悪かあないが、若い娘の死体だってことは、しらべりゃわかるわけだろう。誘拐事件とむすびつけないかな、警察が」

「むすぼうとしても、ほどけちまうような工作を、こっちがすればいいんだよ。妙ちゃんってスターがいるんだから、生かしてつかわなきゃ、嘘だろう」

「わかった。いまからすぐに、棄てにいこうか」

栗野は、ベッドから飛びおりて、かさばった風呂敷づつみに、手をかけた。

「あわてるなよ。やっぱり、順番があるんだ。きみと小きんは、きょう財田に顔を見せたんだから、しばらく誘拐事件からは、ひっこんでもらう。したがって、あしたは死体の始末に自由行動をとっていい。あした、誘拐作戦の第二段階を実行するのは、ブタ、きみだ。これを読んで、暗記してくれ」

桑山は内ポケットから、紙きれをとりだした。うけとったブタは得意げに、小きんと大虎をふりかえって、

「おれのは、せりふのある役だぜ」

「それが、二回めの連絡なんだ。電話をつかう。ただし、財田の家へかけるんじゃなくて、毎朝新聞の社会部へかける」

桑山はベッドの、さっきまで栗野がすわっていたあたりへ、どしんと腰をおろして、

「つまりさ。警察は公開捜査には踏みきらない、と思うんだ。人命尊重を錦のみ旗にして、記事にしないように、新聞にたのむだろう。この作戦は、世間がぜんぜん騒いでくれないでも、都合が悪い。だから、新聞社へ電話して、デモンストレーションする必要がある。ひとつには、財田の家へかけると、声を録音される危険があるからな」

「やはり、参謀はちがったもんだな。敵の手を、読んだわけですね」

ブタは感心して、紙片に目を落した。

「ええと……財田千寿子の誘拐事件じゃあ、警察に協力して、読者には知らせないつもりらしいですな、か」

「そこは、あしたの朝刊を見てから、適当に変えてもいい。あのおやじ、身代金が惜しくて、新聞の力を借りようとするかもしれないからな。もし、記事になってたら、ぼくらの事業を、無料《ただ》で宣伝してくれて、ありがとう、とかなんとか……」

「アドリブだね。よしきた」

「張りきって、脱線するよな。心配だな」

眉をしかめる大虎の肩を、粟野がたたいた。

「せりふのかきかえは、おれがやるよ。きみたちは今夜、ここへ泊るんだから、あした、みんなで相談してもいいしな。ブタよ、つづけろ」

「遠慮することは、ないんだぜ。どんどん書けよ。おれたちは血迷って、だいじな金づるを、殺すような馬鹿じゃない」

「すこし、すごみすぎるな。それに早口で、聞きとりにくいぞ。テレビのアテレコじゃないんだから、落着いて、悪党ぶらずにやったほうがいい」

と、ベッドの上から、桑山がいった。

「ところで、財田さんに伝えてもらいたいんだがね。即金でいただけなかったら、一千万に値あげするよ——変だな。これ、どういうこってす、桑山さん。二千万って話じゃあ、なかったですか。なあ、そうだろ？」

ブタに同意をもとめられて、小きんと大虎はうなずいた。桑山は壁によりかかって、目をとじたまま、めんどくさそうな調子で、

「すこしは、あたまを働かせろよ。死体の整理で、おれはふた晩、ろくに寝てないんだぜ。もう喋りたくないよ」

「つまり、こういうことなんだ。おれは五百万って、切りだしたんだよ」

と、粟野が説明役をひきうけて、

「いきなり、二千万といったら、むこうが気がちがうか、こっちが気ちがいあつかいされるか、話にしまりがなくなっちまう。なんくせつけて、じわじわ値上げしていこうってのの

さ」

「神経戦ってやつですね。なるほど、そのほうがいいや。ブタときたら軍人の息子のくせに、なんにも知らないんですからね。文句をつけて、すみません」

小きんが鼻のあたまをかきながら、腰をかがめてあやまった。そのとき、ベッドの上で、お妙がけたたましい声をあげた。

「このひと、熱があるみたいだわ。目のまわりが、黒くなってるし」

「疲れたんだろう。参謀に倒れられちゃあ、兵隊は動きがとれない」

粟野は、机のひきだしから、鍵束をとりだすと、お妙にわたして、

「母屋へつれてって、寝かしてやれよ。あかりはつかないから、そこにある懐中電灯を持ってくんだな。家具にはカバーがかかってるから、はずすのをわすれないように」

「わかったわ。さあ、しっかりしてよ」

お妙にゆすぶられて、桑山は目をあいた。

「ああ、大丈夫だ。ひとりで帰れる」

「電池の切れたおもちゃのロボットみたいよ。強がりはいわないで、母屋へいくの。あたしが、寝かしつけてあげるから」

「寝かしかたにも、よりけりでね。かえって疲れると困るから、どうだい、桑山、あの絵

の小道具につかった貞操帯があるが、貸してやろうか」

と、粟野がいった。ブタと大虎は腹をかかえて笑ったが、小きんは口さきだけで笑いながら、裏がえされたキャンバスを、気にしている目つきだった。


夜があけて、前哨基地の第二日めは、すべて計画どおり、ことが運んだ。別棟に残ったのは、お妙と桑山だけ。粟野は風呂敷づつみを、小きんはボーリング・バッグをさげて、午前十時半に出ていった。ブタと大虎は、十二時四十分に出ていった。このふたり、夕方までは用もないのだが、いつもふらついている町に、何日もご無沙汰していると、ひょっとして、愚連隊から、ねたをしこもうなんて刑事でもいたら、その耳にとまりかねない。用心のために、顔をみせにいったのだ。夕刊がスタンドに出そろったら、適当な電話ボックスをえらんで、ブタが例の電話をかけることになっている。危険なアドリブを警戒して、大虎が介添役だ。

ふたりは、五時二十分に帰ってきた。桑山とお妙は、長椅子に並んですわって、テーブルにかがみこんでいた。

「おや、おむつまじいことで。おれたち、目隠しをしなくてもいいですか」

ブタがひやかすと、桑山は顔をあげて、唇にひとさし指をあてた。

「静かにしてくれ。いま重要書類を作成ちゅうなんだ。そっちの首尾は？」

「首尾はぜったい、パーフェクト・ゲームときたもんだ。重要書類って、なんです？」

　大虎は、お妙の手もとを、のぞきこんだ。お妙は、書きかけの便箋と、ひらいたノートを前におして、

「どう、似てるかしら。このノートは千寿子の部屋から、盗んできたお手本よ。こっちはあたしが、まねて書いたの。ああ、さわっちゃ、だめ、指紋がつくわ」

「ええっと――両方の手首をしばられたまま、書いています。読みにくくても、我慢してください。それにナイフを、つきつけられているのです。おとうさん、おばあちゃん、おじいちゃんや大じいちゃんと相談して、早く助けてください。食事はだしてくれますが、怖くてのどを通りません。このままだと、あたし、死んでしまいます、か。泣かせるねえ。五万滴ぐらい、涙がこぼれるぜ」

　と、大虎がいった。ブタも首をふって、

「うまいもんだ。字も似てるよ。すこしふるえてるとこが、いかすじゃねえか」

「そこで、なんとかごまかせるだろう、と思うんだけど」

「ところどころ、涙をこぼして、にじませたら、どうだろうな」

「下をむけば、いつでも涙がこぼれるほど、あたし、器用じゃないわ」

「おれがつねってやるよ。女の子を泣かせるの、大好きでね」

「あんまり技巧に走ると、わざとらしくなって、いけない。先へすすもう。きみたちは、邪魔しないでくれよな」

桑山が手袋をはめた手で、便箋をお妙の前にひきもどした。

「いいかい。あたし、死んでしまいます、か。そこで、行を変えようや。一千万円は千円札で、そろえてください。番号のつながっていない、古い紙幣でなければ受けとらない、といっています。番号を控えたりしたら、あとが怖いって。この部屋には、男がふたりいるだけですが、ほかにも仲間がいるような口ぶりです。すごいバックがついている。だから、自分たちがつかまっても、バックの力でかならず殺す、といっています。警察は一年も二年も、保護をつづけてくれはしない。それを、よくおぼえとけって」

「すこし、早すぎるわ」

「このくらいじゃ、どうだい。一千万円は、ビニールの、風呂敷か袋で、ふたつつみにして、目じるしのない、かばんへ入れる。それを、おとうさんが持って、金曜日の、午後五時半、東京駅の、待合室へ、きてください。かならず、ひとりで。雨天順延なんて、いいかた、おかしいけれど、いまのあたしには、笑う気力もありません。それまで」

「名文じゃないか」

いきなり声がしたから、四人はぎょっとしてふりむいた。戸口の電話をのせた靴箱のわきに、粟野が立っている。桑山は腰を浮かして、

「いつ帰ってきたんだ？」

「いまさ。裏門にしまりがしてなかった。不用心だな。こわいばあさんがきて、みんな、さらわれちゃうぞ」

「お手手のほうは、うまく片づけたらしいわね。どこへ、棄ててきたの？」

お妙が聞くと、粟野は手をふって、

「内緒だよ。新聞を見て、あっというのが、お楽しみ。たねあかしは要求しないのが、エチケットさ。小きんは、どうした？」

「まだ帰らない」

と、桑山が答えた。

「どこまで、いきやあがったんだろう。おかしいよ、すこし」

粟野が首をかしげると、ブタがおそるおそる口をだした。

「まさか、どじを踏んだんじゃないだろうな」

「まさか、だろうがね、それこそ。そういう場合も、ないとはいえない。もうすこし、待ってみなきゃ、なんともいえないな」

桑山は、お妙の書いた手紙を、手袋の手で封筒へおさめながら、つぶやいた。しかし、一時間たっても、小きんは帰ってこなかった。大虎はカーテンの隙間から、しきりに庭を気にしていたが、とうとう声にだして、

「小きんがどじったとすると、おれたち、こうしていて、いいのかなあ」

「ほんとだよ。いつ刑事が踏みこんでくるかもしれねえじゃねえか」

ふるえを帯びた声で、ブタもいった。

「どじを踏んだとしても、つかまったとは限らない。つかまったとしても、おれたちのことを、喋ったとは限らないさ。自分も罪になることだからな。しかし、念のために、母屋の二階へ移るとしようか。あそこからなら、塀のそとが見える」

栗野は四人をうながすと、暗く荒れはてた庭を横ぎって、母屋の勝手口へ入った。

「万一のために、懐中電灯はつけないことにするよ。妙ちゃん、桑山、大虎、ブタの順で、おれの腰につかまって、ついてこい」

「子どものころ、こんな遊びをしたことあるわ。芋虫ごろごろって、はやしながら、しゃがんで歩くの」

栗野のベルトにつかまりながら、お妙がいった。

「おもしろがってちゃいけないな。歩くよ。気をつけてくれ。ここから、階段だ」

二階へあがると、粟野は、角の部屋のドアをあけた。埃くさい闇のなかに、家具が白っぽいカバーをかぶって、雪男みたいにうずくまっているのが、かすかに見える。

「こっちの窓から、表門が見える。おれと妙ちゃんは、こっちを見張るから、きみたちは、そっちの窓へ陣どってくれ」

粟野はお妙の手をひいて、正面の窓の下へいった。桑山は手さぐりで、あとのふたりを導きながら、横の窓へ近づいた。窓ぎわに膝をついて、カーテンを持ちあげると、塀のそとの露地が見えた。

「こっちは、なにごともなさそうだ」

桑山がいうと、粟野の声がもどってきた。

「こっちもだ。つかまったんじゃなくて、逃げたのかもしれないな」

「逃げたって？」

ブタが、聞きかえした。

「おじけづいたのさ。さもなきゃ、あんまり細かいことをいうんで、めんどうくさくなったのかもしれない。みんな、いい加減だからな。さっき裏門をしめわすれたのは、きみたちだろう。あんなことじゃ、計算ずくの犯罪は、できやしないぜ。きみたちは、経験者だと思って、信頼してたんだがな。がっかりしたよ」

「裏門のことは、一言もないけどよ。そんなに買いかぶられちゃ、おれたち、手も足もでやしない。これでも、一所懸命やってるんですぜ」

大虎が中腰になって、不服そうに吼《ほ》えたてた。その肩を、桑山はたたいた。

「きのうの話じゃ、三人がかりで女ひとり、殺《ばら》してるそうじゃないか。しかも、大手をふって歩いてるんだ。大胆不敵なヴェテラン諸氏に対して、小心優柔なるアマチュアは、尊敬するばかりさ」

「ありゃあ、ちがうんだ、ありゃあ。盗んだ車で軽井沢へいくつもりだったらよ。途中で、女の車がエンコしてやがってさ。ちょっといける子だったんで、小きんが車をなおしてやって、おれたち、強引にそっちへ、のりこんじまったんだ」

ブタが息をつくと、大虎があとをひきとった。

「それから、わき道へつれこんで、いただいちまったってわけでね。それだけのことなんで」

「あの絵に似ていたとすると、おれの好きなタイプだな。仲間に入れてもらいたかったよ。死んだってのは、どういうことなんだ」

粟野の声には、ブタが答えた。

「あの絵みたいに、きれいなご面相じゃなかったな。おれたちゃ、なんにも知らねえんだけど、小きんのやつ、運転免許かなんか見やがったらしくてね。新聞にガス中毒でくたばって、自殺かもしれねえって女のことが出てたらよ。そいつが、あんときのだっていうんだ。名前だけじゃわかりゃしませんよ、ねえ？」

「そういう臆病なやつさ。だから、きっと逃げだしたんだ、小きんのやつは」

「でもね、粟野さん、その女《すけ》をひっくり返そうって、いいだしたのは、小きんなんですよ。いざとなると、度胸のあるやつなんだ。やっぱり、ぱくられたんじゃねえのかな」

大虎は、そわそわと立ちあがるはずみに、

「いてえ！」

なにかに、蹴《け》つまずいたらしい。桑山は手を貸して、立ちあがらせてやりながら、

「落着けよ。今夜はここへ籠城《ろうじょう》だ。どじを踏んだか、逃げたのか、どっちにしたって、ひとり減りゃあ、それだけ分け前がふえるじゃないか」

埃くさい暗闇のなかで、五人が心配しようと、しまいと、自業自得というものだが、読者を心配させては、申訳ない。このへんで、小きんがとった行動を、お知らせするべきだろう。けれど、私はくたびれた。もうひとりの私に、かわってもらうことにする。

第五歩はハンドバッグで

どう考えても、もうひとりの私は横暴だ。なかなかエネルギッシュに、枚数をふやしていくところは、ほめてもいいが、こっちの書いたことに文句ばかりつける。センスがないかどうかは、主観の問題だから、かまわないとしても、次はどこを書け、と強制命令を発するにいたっては、むちゃくちゃだ。

せっかく、名探偵が登場して、犯人たちとの知恵くらべがはじまろうというのに、話をもとへひきもどして、もたもたしていることはない。それに、名探偵のあつかいかたにも不服がある。なにも私だって、バークシャ種の豚の歯は通常、何本あるか知っているかね、知っていたら、きみにもこの事件の謎が、はっきり見とおせるはずだがねえ、というようなことをいって、けむに巻いてばかりいる機械じかけの神様を、登場させたいわけではない。

けれども、権威は必要だ。自然とにじみだす権威がなければ、信頼する気は起らない。

信頼されないアマチュア探偵が、どうして活躍できるだろう。だいいち、名前からして気にくわない。赤西一郎太なんていうのは、剣豪小説に端役で出てきて、主人公に斬りたおされるくらいなら、まだいい。せいぜい、ちょん髷《まげ》を切られて、泣きだす役どころの名前ではないか。

しかし、私がここで強引に、ぜんぜん別な名前をつけてしまったら、混乱をまねくばかりだろう。しかたがないから、茜《あかね》一郎と呼ぶことにする。これならば似かよっていて、しかも、だんぜん増しだろう。玉木刑事をのせて、茜一郎のフォルクスワーゲンが走りさってから、二十分とはたたないうちに、徳太郎たちが、警察の自動車でもどってきた。徳造、徳太郎につづいて、入ってきた勿来部長刑事が、玄関の戸をしめるのを見て、お兼が聞いた。

「大じいさんは、どうしました？」

「車にのると、人間、なまくらになるばかりだそうで、あとから歩いてこられます。急ぐというので、いきは折合いをつけたが、帰りは勝手にさせてもらう、といわれて。お元気ですなあ。おどろきました」

「車にのったのは、戦争このかた、はじめてですよ、きっと。バスにだって、めったに乗らないんですから。でも、おどろくにはあたりませんね。真冬でも、稽古着一枚でいるくらいで」

「玉木君は、どこにいます？」

「ああ、刑事さんはね。捜査本部へいきました」

お兼の話を聞いて、部長刑事は首をかしげた。

「どこで、いきちがいになったのかな。あとで本部に、電話してみましょう。ほかに変ったことは、ありませんね」

「変ったことがなさすぎて、このさわぎが夢みたいに、思えだしたくらいですよ。そのへんの押入れから、ばあって舌をだして、笑いながら、千寿子が出てくるんじゃないかなんて。いまいった茜さんてひとが、来ないうちの話ですけど。そっちはどうでした、おとうさん」

「まだなんにも、わからないんです」

肩をおとして、徳太郎が答えた。徳造は腕を組んで、金庫の前にすわっている。勿来部長刑事が、口をひらいた。

「内部事情にくわしいものの犯行か、ただ噂だけをたよりに、おたくへ目ぼしをつけたのか、それだけでも、早く決定したい、と思って、努力してるんですが——お嬢さんの交友関係が、はっきりしないものですから」

「あの子はお友だちを、家へつれてきたり、しないもんですからね。前いったとおり、大じいさんがあの調子でね。ボーイフレンドを一度つれてきて、こりさせてしまったから。どうでした、あの、大じいさんに気合いをかけられて、腰をぬかしたひとは？」

おばあさんに聞かれて、部長刑事は苦笑しながら、

「あれは、白でした。ちょうど、事件発生の日——つまり、月曜日が結婚式の当日でしてね。いまごろ花嫁さんと、阿蘇のけむりでも、眺めているでしょう。新婚旅行は、九州一周だそうですから」

「それは、それは、ふしぎな因縁ですね。でも、あのときの大じいさんの気合いときたら、すごいもんでしたよ。縁側の戸のガラスがこわれたくらいで——無礼者、ええい！」

裂帛《れっぱく》の気合い、というのは、これだろう。勿来部長刑事はすわったまま、五センチメートルばかり跳ねあがった。ガラスのくだける音もした。徳造は、つっと立ちあがって、金庫をかばったが、足はわなわなふるえていた。徳太郎は畳に両手をついたまま、目をまるくして、おばあさんを見つめた。不思議なことに、お兼もぽかんと口をあいている。もっと不思議なのは、玄関にあたって、気合いがひびいたことだった。

「曲者《くせもの》だ。出あえ！　出あえ！」

大声につづいて、なんとも知れぬ汽笛のような音がした。お兼は立ちあがって、

「大じいさんだ！」

と、口走ると、玄関へ走った。つづいて、部長刑事がとびだしてみると、おばあさんは素足のまま、ガラスが一枚くだけおちた戸をあけていた。門内にこちらをむいて、仁王立ちになった徳右衛門のすがたが、見えた。戸のすぐ外で、小さな男の子が、大声に泣きわめいている。ガラスは、この子がぶつかって、割ったらしい。

「どうしたんです、こりゃあ、いったい？」

勿来部長刑事は、お兼をおしのけて、男の子をだきおこした。

「そやつを捕えなさい。まったく、いまの若いものは、なにをするかわからん」

徳右衛門は、片手に新聞紙、片手に黒いものをふりまわして、声高にいった。

「なんですよ、大じいさん。これは、この先のクリーニング屋の、子どもじゃありませんか。坊や、泣くんじゃないよ。泣かずに、わけを聞かしておくれ」

お兼に子どもをまかせて、部長刑事は、徳右衛門に近づくと、

「なんですか、それは」

「千寿子のハンドバッグだ。なかに手紙が入っとる。その小せがれが、玄関へほうりこもうとしたところへ、わしが帰ってきてな。あわてて逃げだそうとしたから、一喝くれてやった。犯人の手さきにちがいない。刑事さん、早く捕縄をかけなさい」

「まあ、落着いて。そのハンドバッグを渡してください。犯人がよこしたものなら、指紋をしらべなけりゃいけない。このハンカチの上へ、のせてくれませんか」

「わしはまだ、手紙を読んでおらんのだ」

「すぐご覧に入れます。とにかく入りましょう。奥さん、その子もなかへ入れてくださ い」

部長刑事は汗をかきながら、まっ赤な顔をしている老人を、家のなかへつれこんだ。

それから、三十分とたたないうちに、財田家の塀外には、車がずらりと並んだ。大半は新聞社の車だったが、茜一郎のフォルクスワーゲンもまじっていた。新聞記者諸君は、玄関と塀のあいだで、うろうろしている。家のなかでは、金庫のある座敷に、財田三代の男たちが、福本主任や刑事たちと、ひたいをつきあわしていた。茜一郎は、勝手わきの六畳へ隔離のかたちで、お茶を持ってきてくれたおばあさんから、せめて話を聞きだそうとしている。

「けっきょく、その子どもは、犯人にたのまれて、届けにきたわけなんですね」

「そうなんです。大じいさんが早合点して、気合いをかけたもんだから、すっかりおびえちまってね。話を聞くのに、大汗をかきましたよ、あんた」

「犯人の人相なんか、参考になるようなことを、おぼえてましたか？　子どもだから、無理だろうな」

「それが、いまの子どもはおませですねえ。あたしゃ、あきれちまった。だって、女のひとならもっと顔をよく見たんだけど、なんていうんですよ。そのくせ、最初、百円のお駄賃でたのまれたのを、それじゃ、あわないって、三百円に値あげしてるんですからね」

「すると、なんにも手がかりなしですか」

「顔はろくに見なくても、お金をだす手《あし》もとからは、目を離さなかったそうですね。この陽気に手袋をしてるのは、変に思ったって、いってましたっけ」

「それじゃ、バッグと手紙をしらべても、指紋はでませんね、きっと」

「あんたの車は、どうでした?」

「やたらに出てきましたよ、ぼくの指紋が」

「よっぽど、用心深い犯人なんですねえ」

「用心深さに、自信を持ってるようです。持ちすぎてるくらいだ。なぜだろうって、ぼくはさっきから、考えてるんですがね。ことによると……」

一郎はあわてて、口をつぐんだ。おばあさんは膝の上で、くしゃくしゃの新聞紙を、ていねいに皺をのばして、折りたたみながら、聞きかえした。

「ことによると、どうなんです?」

「いえ、あまりとっぴな考えですから、口が曲るといけません。その新聞は？」

一郎は、お兼の膝の上を、ゆびさした。

「ああ、これは、さっきの子どもがね、孫のハンドバッグをつつんできた新聞ですよ。棄ててしまうのも、もったいない、と思って……」

「ちょっと、見せてください。毎朝新聞ですね。それも、けさのだ。ほら、お嬢さんの写真が、のってます」

「ほんとに。でも、これは古くてね。撮れが悪いの。よく撮れた新しい写真があれば、新聞社から貸し賃がとれた、と思うんですけどね。ほんとはもっと美人なんですよ、あたしに似て」

「そうでしょうね。ご隠居さんに似たら。こりゃあ、光線のぐあいが悪かったんですよ。お嬢さんがもどったら、ぼくがすばらしいのを、撮ってさしあげます」

一郎がたたんで返した新聞を、膝の上におさえつけながら、おばあさんは、小田原提《ちょう》灯《ちん》みたいに首をのばして、

「無事にもどるでしょうか、孫は」

「警察の組織力は、偉大ですよ。ぼくも、及ばずながら、全力をつくします」

「ぜひお願いしますよ。無料《ただ》でね」

「もちろんです。ぼくがこの事件を解決すれば、新聞はでかでかと書きたててくれる。もとは取ってくれますよ。探偵事務所をひらくつもりだって書いてもらえば、宣伝費いらずの、出資者殺到ってことになる、と思うんです、かならず」

「あんたは、あたまのいいひとだ。さっきのとっぴな考えってのを、ぜひ聞かしてくださいよ。だれにも、いやしませんから」

「つまり、敵はこっちの動きをよく知っていて、手をうってるんじゃないか、と思うんです。おたくへ電話をかけてくる、といっといて、かけてこない。録音機をしかけたことを、知ったからですよ、きっと。予想できることだから、単に用心しただけのことかもしれないけれど……」

「そうでないとしたら、どうなりますね？」

「捜査本部の連中が、ぼくを相手にしてくれないから、ひがんで考えたわけじゃないんですが、たとえば、刑事のひとりが黒幕だ、という場合もありえます。こんなこと、ぼくがいってたなんて、いわないでくださいよ」

「わかってます。まだそんなに、耄碌《もうろく》しちゃいませんよ」

「こっちもそのくらい、眉につばをつけてかからなけりゃ、敵にしてやられる、ということなんです。それからですね。ひょっとして、おたくじゃこの一、二ヵ月のあいだに、電線の工事かなんか、やりませんでしたか」

「どうしてわかるんです？　ひと月やふた月前じゃなくて、もう半年近くなりますけどね。天井裏の配線が、ぼろんなっちまったんで、思いきって頼んだんです」

「くさいな」

「いえ、こげ臭いような気がしたのは、なおす前ですよ」

「盗聴マイクかなんか仕掛けてあると、いけないって意味なんです。あとで、しらべてみてください。なんなら、ぼくが天井裏へあがってみてもいい」

「お願いしますよ。無料《ただ》でね」

「もちろんですよ。それで、どうなんです？　敵のいいなりに、東京駅へ一千万円、持っていくんですか」

「百万円に値切れって、大じいさんは頑張ってましたよ、さっきまで。無礼者のいいなりになる手はないって」

「さすがに、筋金入りのご老体ですな。これだけ考えている犯人です。やけを起して、人質を殺すような、いちばん愚劣なまねはしない、と思いますね。こういう緊張した状況は、敵だって、早く打ちきりたいにちがいない。なめてかかるのは危険だけれど、あんまり怖がるのも考えものですよ」

「そうでしょうかねえ。でも、徳太郎がいうように、肺病やみで、やけくそになってる男だったら……」

「やけになって、命なんかいらないって男だったら、誘拐なんて手間のかかって、脳味噌もかかることをやるでしょうか、ご隠居さん。立川へんのやくざから、ハジキを仕入れて、銀行強盗でもやったほうが、手っとり早い。金もほしいが、やっぱり命もほしいんです。なんとかうまいこと、やったれってんで、しぼってるんですよ、知恵を」

「理屈だね。そういわれりゃ、たしかにその通りですよ。あんたはやっぱり、あたまがいい。いくらか、安心しました」

「せっかく安心なすったのに、腰をすくうようで、申訳ないんですが、いいなりに金をわたすとしますね。心配なのは、そのあとです。大金はつかんだ。逃げるチャンスもある。邪魔になるのは、なんでしょう？　さっきの手紙から察すると、犯人はお嬢さんの前で、素顔をさらしているらしい。まあ、待ってください」

一郎は、助手の機嫌をそこねた催眠術師が、ショオの舞台で、やっきになっているような手つきで、立ちあがろうとするお兼を制しながら、

「ですから、身代金をわたすときには、いやが上にも慎重に、ということなんです」

「とにかく、あたしゃ、むこうの様子を見てきますよ」

　おばあさんが出ていったあと、茜一郎は、ぬるくなった茶をのみほして、腕を組んだ。ちょっと考えてから、立ちあがって、部屋のすみずみを、見まわった。古箪笥《ふるだんす》のうしろも、のぞいた。鴨居にも、手をつっこんだ。押入れも、そっと襖をあけてしらべた。次には廊下へ出て、壁にかかっている黒板のうしろや、柱のかげを、いちいちのぞいた。壁のやぶれを、包装紙や新聞で、つくろってあるところは、その上をおしたり、なでたりした。台所へもいって、ひとわたり見てあるいた。

「ここにないのは、当然だろうな。お勝手に隠しマイクをしかけても、わかるのは食生活だけだから」

　ひとりごとをいうと、薙刀《なぎなた》になった座敷箒《ぼうき》を、折れ釘からはずして、天井をにらんだ。長い柄のさきで、天井板を一枚一枚、突っつきながら、廊下へ後退しかけたとき、

「なにをしてるんです？　あんた、まだいたんですか」

　うしろから、声がかかった。一郎は、箒をささげたまま、まわれ右をして、

「やあ、玉木刑事、だれにも追いだされなかったもんで、まだいましたよ。なにをしているか、といいますとね。柄が上になってるから、煤はらいでないことは、おわかりでしょう。板の浮いているところを、探してるんです。探してるわけを、ついでにいいますとね。あとで天井裏に、もぐりこむつもりなんです」

「なんのために?」

「そんな怖い顔すると、剝製の猿でも、ひきつけを起しますよ。盗聴用マイクが、どこかに仕掛けてありゃしないか、と思って……」

　なぜそう思ったか、一郎は早口に説明した。玉木刑事はうなずいて、

「なるほどね。可能性はたしかにある。しらべておきましょう。必要とあらば、ぼくが天井裏へあがりますよ。あなたはもう、お帰りになって、けっこうです」

「ぼくだって、鼠の糞や蜘蛛の巣をあつめて、若禿の特効薬かなんか製造しよう、と思ってるわけじゃない。よろこんで、おまかせしますよ。でも、邪険に追っぱらわなくたって、いいでしょう。晩ご飯がでるのを、待ってるんじゃないんだ。すぐ帰ります」

　一郎は箒を、玉木にわたした。お兼がこっちへくるのを、目にしたからだ。

「おや、刑事さん、そんなに気をつかってくださらなくても、いいんですよ。あの部屋の掃除なら、いま女中が、茶碗を片づけてるけど、そのあとでやりますから」

　おばあさんは駆けよって、玉木刑事の手から、箒をもぎとった。口をひらこうとする玉木刑事の前へ、一郎はわりこんで、

「それで、ご隠居さん、どんなぐあいでした?」

「けっきょくね、茜さん。大じいさんも五百万まで、出すことはみとめたんですよ。まだ

不機嫌で、ぜんぜん口をききませんけど」

「金曜日といえば、あさってですが……」

「あした一日あれば、注文どおりに揃えられますよ。徳太郎はもう覚悟して、二百万だけ、きょう用意しといたんです」

「奥さん」

玉木刑事は、おばあさんの口を封じようとしたのだが、相手は大きくうなずいて、

「わかってます。それをいま、いうとこですよ。刑事さんにも、お願いしたいんですがね。おさつの番号を、控えとくことになったでしょう？　大じいさんはおかんむりだから、うちのひとと徳太郎と――なにしろ、二千枚ですからね。刑事さん、手つだっていただけませんかしら」

「ぼくは、しかし、もう電話の番をする必要がないから……権田さんでしたか、事務所のひとを呼んだら、どうなんです？」

「電話のないアパートですよ、権田が住んでるのは。電報代もかかるし、車賃だって持たなきゃならないじゃありませんか」

「ぼくでよかったら、お手伝いしましょう。目もいいし、根気もいいほうだから」

一郎が口をだして、しかも、

「ちょっと近所で、食事をしてきますが、帰ったら、すぐはじめますよ」

と、いったものだから、おばあさんの顔は、金花糖の鯛をつった恵比寿さまみたいになった。一郎は、もうひとつおまけに、刑事をふりかえって、

「よかったら、ぼくにつきあっていただけませんか。今夜もここへ張りこむんでしょう?」

「いや、いまいった通り、電話の番をする必要は、もうないんだ。盗聴マイクの有無をしらべてから、帰りますよ」

盗聴マイクは、見つからなかった。財田の家をでた玉木刑事は、一軒の中華そば屋の前を通りかかって、あけはなした入口ちかくのテーブルに、茜一郎のすがたを見かけた。十ぐらいの男の子がひとり、むかいあって、箸を動かしているのへ、一郎はしきりに話しかけている。はっとして、玉木はものかげに隠れた。しばらくすると、一郎は店から出てきて、少年と握手をしてから、財田の家のほうへ歩みさった。玉木刑事は、男の子を呼びとめて、

「坊や、坊や、おじさんをおぼえていないかな。さっき財田さんのとこにいた刑事だよ。ちょっと、教えてもらいたいことが、あるんだが」

「もうおぼえてることは、ぜんぶ話したぜ」

「いまの男のことなんだ。坊やにハンドバッグを頼んだの、あの男じゃないか?」

「ちがうよ」

「怖がらなくても、大丈夫だ。おどかされたんなら、おじさんが守ってやる。おじさん、強いんだぞ。柔道五段なんだ」

「ちがうったら。いまのひと、私立探偵らしいや。やっぱり、刑事より私立探偵のほうが、いかしちゃうな。チャーシューワンタンメン、おごってくれたぜ。あの店で、いちばん高いんだ」

「どんなこと、聞かれた？」

「いわないと、とうちゃんとこへ連れてくんだろうな。間接的拷問だぜ、おじさん。とうちゃんときたら、手が早いんだから。かあちゃんが、しょっちゅう、心配してるくらいでね」

「坊やは利口だから、わかるはずだ。黙っているのは、悪いやつらをよろこばすことになるかもしれないんだよ。坊やだって、正義の味方になりたいだろう？　財田さんのお嬢さんを、助けたくないのかい」

「ヒューマニズムに訴えられると、弱いなあ。いまのひとの聞きかたは、もっとスマートだったぜ。質問の内容は、さっきとおなじだったな。けど、顔をおぼえてないっていっても、刑事さんたちみたいに、がっかりしなかったよ。おれなんか、女の子でも、よっぽどいかさなけりゃ、おぼえないからなって、笑ってた」

「ほかには、なにも聞かなかった？」

「あっさりしたもんさ。ああ、そうだった。ひとつだけ、刑事さんに聞かれなかったことを、聞いたよ。ハンドバッグは最初から、新聞につつんであったのか、それとも、ぼくがつつんだのかって」

「なんと答えた、坊やは？」

「最初から、つつんであったんだから、そう答えたさ」

「ほんとにそれだけかい、いまの男が聞いたのは？」

「くどいな、おじさん。ぼくだって、証言する以上、ボコデンへの怨みを――」

「ボコデン？」

「じいさんのくせに、木刀をふりまわして、塚原卜伝みたいだろ。でも、つるつるあたまが凸凹だから、ボコデンさ。とうちゃんたら、財田のじいさんのこと、内緒でそう呼んでるんだ。つまりさ。どなられた怨みをわすれて、ぼく、協力してるんだから、信用してもらいたいな。あのひと、私立探偵じゃなくて、容疑者なのかい？」

「そういうわけじゃない。ただ参考のために聞いたんだから、こんどあのひとにあっても、黙ってるんだよ」

それに考えてみれば、この子がハンドバッグの配達をたのまれた瞬間に、茜一郎は玉木自身といっしょにいたのだ。あたまをかいている刑事を見あげて、男の子はいった。

「ああ、競争意識か」

第六歩はボーリング・ボールで

もうひとりの私のいいがかりに対しては、反駁したいこともあるが、いまは気がせくから、すぐ小きんの話に入る。ボーリング・バッグをぶらさげた小きんは、まず地下鉄で、銀座へでた。デパートへいって、売場のどこかへボールを飾るつもりだった。地下鉄の階段をあがるまでは、威勢がよかった。まるでダイナマイトみたいに、あたりを睥睨《へいげい》しながら、エスカレーターにおかれて、しずしずと昇天していくボール、あるいは、地下の野菜売場で、初物の西瓜《すいか》にまじって、それがおいてあるところなどを想像して、にやにやしていた。

ところが、まばゆい自然の光のなかへでたとたん、鼹鼠《もぐら》のような不安にかられて、ものものしくあたりを見まわした。立ちはだかった建物のギラギラかがやく窓という窓が、自分を監視する目みたいな気がした。自動車は横目づかいに、こっちを見ながら、わざとのろのろ走っている。その上から、都電が大きな目を、一列ならべにして、油断なく見すえている。もう腕をむきだしにした娘たちが、全身で颯爽という字を書いて、歩いていくあいだを、小きんは肩をすくめて、松岡屋デパートへ駆けこんだ。

婦人ものの売場には、気の早い夏の浜辺が、出張していた。日焼けいろした人形たちが、妙な名前のついた水着をきて、ならんでいる。そのなかに、派手なプリントのビキニ・スタイルで、臍《へそ》のない胴をむきだしにしたのが、両手に大きなビニールのボールをさげていた。こいつがいいや、と小きんは思った。ボーリング・バッグのボールと、いま持ってるやつとを、入れかえてしまうのだ。

小きんは、ぐるっと首をまわした。売場の女が、こっちを見ている。肥《ふと》った客がすぐ横で、どう考えたって着られるはずのない小さな水着を、未練たらしく検討している。すばやくやれば、やれないことはないだろう。だが、小きんは手袋をはめていない。いまごろ手袋をはめて、バッグをぶらさげては、目につくばかりだ。しかし、バッグからボールをだせば、指紋がつく、指紋をふきとっていては、すばやくやれない。

残念だが、こりゃあ、だめだ。お堅いグラマーたちの前を二、三度いったりきたりしてから、小きんはあきらめた。考えてみれば、エスカレーターにのせるのも、西瓜のなかへ同居させるのも、まわりがこの明るさでは、とうてい無理だ。派手なやりかたは、思いきったほうがいい。

小きんが階段をおりていくと、二階の踊り場の長椅子に男が腰かけて、器用にねむっていた。靴のへりぐあいを見ると、外交員らしい。古びたかばんを、しっかり胸にかかえこんで、遠慮がちな鼾《いびき》までかいている。小きんはそのとなりにボーリング・バッグをおいて、腰をおろすと、タバコに火をつけた。しばらく観察をつづけたが、かばんをすりかえることは、できそうもない。ズボンのポケットから、タオルをだして、顔をふいた。もちろん、ポケットから顔へいくまでのあいだに、タオルはボーリング・バッグをなでまわして、指紋を消した。

小きんはタバコを灰皿に投げこんで、立ちあがった。鼾はまだ、聞えている。小きんはゆるんでくる口もとを、タオルで隠しながら、大股に出入口へ急いだ。案内係のデスクの前を、通りすぎようとしたときだ。

「ああ、間にあってよかった。こんなところで、大きな声をあげたくないもんでね」

ぎょっとして、ふりかえると、長椅子の眠り男が古かばんを小わきにかかえて、立っている。さしだした片手には、ボーリング・バッグが、ぶらさがっていた。

「ほら、わすれものですよ。階段の椅子に、おきっぱなしにしたでしょう。これ、ボーリングのボールですね。安くないもんだ。あわてて、追いかけてきたんですよ」

「どうも、どうも、すみません。つい、うっかりして」

小きんは、どぎまぎして、あたまをさげた。

「礼なんか、いうことないです。お互いさまだよ。陽気がよくなりましたからね。ぼくも、ときどき、やるんだ。わすれものの季節ですな、これからは」

男は小きんの手にボーリング・バッグをおしつけると、かたわらの案内嬢を、ひとのみにしそうな大あくびをして、階段のほうへもどっていった。

うなだれて、小きんはボーリング・バッグを手に、東銀座へぬける横通りへでた。ちょうどタクシーが一台、空車の標識を立ててとまっていた。とっさの思いつきで、小きんは声をかけた。

「日本橋まで」

運転手のうなずきかたは、いかにも無愛想だった。返事もしない。これなら大丈夫、と小きんは思った。車が走りだすと、ボーリング・バッグを、床におろした。おりるとき、蹴とばさないように、ちゃんと右がわにおいた。うつむき加減に、汗をふくふりで、タオルをつかいつづけたのは、顔をおぼえられない用心だった。日本橋が近づいて、

「低島屋に、用があるんだ」

と、いったときも、喉のおくで、つくり声をだした。運転手はやはり、うなずいただけで、車を百貨店の横へまわした。小銭をそろえて、用意していた小きんは、ドアがあくと

同時にとびだした。大股でデパートへ入ると、ほっと息をついた。こんどこそ、うまくいったぞ、と思いながら、エレヴェーターにむかって、歩いていくと、いきなり背中をおすやつがいる。むっとして、ふりむくと、いまの運転手だ。

あっという間もない。気がついたときには、胸におしつけられたボーリング・バッグを、小きんは両手でかかえていた。運転手は小走りに、その背がもう出入口のひとごみにまぎれている。小きんはため息をついて、バッグをぶらさげると、地下鉄へ通ずる階段をおりていった。やっぱり、明るいところでは、だめなんだ。小きんは、地下鉄で、浅草へでた。映画館へ入ろうか、と思ったが、お客の目が一点に集中している、ということでは、ストリップのほうが、だんぜん優《まさ》る。なるたけ安い劇場を、さがして歩いた。

衛生思想の高揚に、性教育の参考に、という妙なキャッチフレーズをかかげた小屋がけが、四十五円の破格値だったが、これは敬遠して、新仲見世の裏手にある小さな劇場へ入った。椅子席は、満員だった。駅弁の折箱みたいな舞台では、へらへらの湯帷子《ゆかた》を、大きなからだから、あらかたずりおとした女が、なんとなく動いている。ライトをあびた胸や、太腿《ふともも》が、投売りの茶碗のように、白く光っていた。床にぬいだまっ赤な腰巻を、汚れた足のさきで、幕のうしろへ蹴りこみながら、腰のまわりでは、湯帷子をひらひらあおって、下になにもはいていない忠実さを、さかんに強調している。

両袖にむらがった立見の客は、手術教室の医学生のごとき熱心さで、思いおもいの角度に首をのばして、横からのぞこうとしている。小きんは舞台に、ボールをころがすことを考えた。うまく足のあいだにころげこめば、女はひっくり返るにちがいない。客は大よろこびで、だれがやったかは、問題にしないだろう。客席がわいてるあいだに、逃げればいいのだ。小きんは、立見客にわりこんでいって、バッグのジッパーをひらいた。静かにひらいたつもりなのに、どもりの鼠《ねずみ》が義太夫を習ってるみたいな音がした。とたんに、耳もとで、しゃがれ声がひびいた。

「写真とるんやったら、こんなのつまらん。おもろい子、紹介しますでえ。なんなりと、いいなりしだいや。セルフタイマーの用意も、ありまっせ」

ぜんぶは聞かずに、小きんは逃げだした。やけになって、便所に駆けこんだ。ペンキのはげた板戸が、ふたつならんでいる。右のをたたくと、咳ばらいが聞えた。左のをたたくと、どうぞ、と返事があった。小きんはあわてて、退散した。入場料をはらった以上、あきらめきれない。もぎりの女の子に、声をかけた。

「楽屋はどこ?」

「ああ、あんた、雑誌の写真屋さんね。外へ出て、横へまわれば、すぐわかるわ」

「サンキュウ」

いわれた通り、横へまわると、ドアがあって、苦もなくあいた。自動車運転の参考書を読んでいる若い男に、やあ、と声をかけて、いちばん手ぢかな部屋をのぞいた。女がひとり、ナイロンのパンツひとつで、盛大にあぐらをかいている。いましがた、舞台にいた女だ。古くなった吸いあげポンプのような、すさまじい音を立てて、冷しソバをたぐりこんでいる。踊りはなっていなかったが、派手な食いっぷりは芸になっていた。喉を鳴らし、乳房をふるわせ、瞬くまにつゆまで吸いこむと、皿をおいて、

「ああ、おいしかった」

と、実感をこめていってから、

「あんた、なんの用?」

小きんは不意をつかれて、自分でもわけのわからないことを口走った。

「その、なんだ、あのよ、べしゃ子いねえかな」

「べしゃ子? ああ、あだ名ね。そんな子いたかな。そうか。喋ってばかりいる子でしょう。あの子なら、やめたわよ。どこいったか、聞いてきてあげようか」

とめるひまもなく、白い肉塊は小きんをつきのけて、走りさった。いまだ、と思った。すばやくタオルで、指紋をふきとったボーリング・バッグをあとに、小きんは楽屋口をとびだした。ほっと大きな息をついて、ようやく五、六歩すすんだとき、背後のドアが音高

くあいた。

「あんた、わすれものだよお」

小きんは、観念の眼《まなこ》をとじた。おそるおそるひらいてみると、女は透明度の高いパンツひとつに、ゴム草履をつっかけて、ボーリング・バッグをふりかざしながら、

「しっかりしなよ。そんなにぼうっとしてるから、べしゃ子に逃げられたんだよ。あの子、ハマのヴィーナス座にいるとさ。元気をだして、ねばるんだね」

露地口にひとがたかって、こっちを見ている。小きんは、あたまをさげっぱなしで、通りへでた。なんだって東京には、こうも善人ばかりが、いやがるんだろう。胸のうちで、つぶやきつぶやき、屋台店のならんだ小路までくると、急に腹のへっているのが思いだされて、小きんは焼ソバ屋へ首をつっこんだ。安油とソースでいためた黄いろいソバに、青のりと赤い七色唐がらしがかかって、交通信号を搗《つ》きまぜたみたいな皿を、一心不乱にたいらげてから、ひょいと足もとを見ると――ないのだ。おいたはずのボーリング・バッグがない！

小きんは、がぜん元気になった。日月われを見棄てたまわず。生き馬の目もぬこう、という伝統をうけつぐ手あいが、まだこのあたりには出没するのだ。機嫌よく金をはらって、屋台から離れた小きんの前に、制服の巡査がひとり、立ちふさがった。しなびた茄子《なすび》のよ

うな老人を、片手で無理やり、ひきたてながら、

「失礼ですが、このかばん、あなたのでしょう」

巡査は、片手のボーリング・バッグを、小きんの鼻へつきつけた。逃腰になりながら、
老人は金切声で、

「冗談じゃねえ。そりゃ、前からおれのもんだ。ほんとうですぜ。檀那《だんな》」

「馬鹿いえ。ついさっき、このひとがさげているのを、ちゃんと見たんだ。だいいち、お前、これがなんだか、知ってるのか」

巡査はバッグを、重そうに上下させた。

「かばんですよ。きまってらあな」

「ただのかばんじゃない。これは、ボーリング・バッグってもんだ。といっても、お前にはわからないだろう」

「待ってください、お巡りさん」

小きんはあわてて、口をはさんだ。

「このおじいさんのいう通りですよ。それはもう、ぼくのものじゃないんだ。おじいさんに、さしあげたんです」

「なんですって？」

「久しぶりに浅草へ出て、ここへきたら、ぼく、子どものころの縁日を思いだしちゃってね。焼ソバ、食べたんです。そしたら、となりにこのひとがいて、これ、玉ころがしの玉じゃないかって聞くから、そうだっていうと、このひと、涙ぐんでるんですよ。要するに、お子さんのいってる高校で、ボーリング部ができて……いま流行でしょう。馬鹿にされるから、入れてやりたいんだけど、ボールが買えない。ぼく、同情しちゃいましてね。ぼくにとっちゃあ、こんなもの――生意気に聞えたら、ごめんなさい。おやじにねだらなくても、また買えます。だから、さしあげたんですよ」

学生らしく聞かそうと、苦心しながら、小きんはいった。巡査は、けげんな顔つきで、

「ほんとですか」

「事実です。このおじいさん、ひとのものを盗むようには、見えないでしょう。不似合に見えたのは、バッグのほうが悪いんだ」

「おう、あんちゃん、そんなこと、いってくれんなよ」

老人はとつぜん、目やにのこびりついた両眼をしばたたくと、垢光りした作業服の袖を、口にあてて、吼えるような声を圧《おさ》えた。

「おれを泣かしてくれんなよ。畜生、こんなこたあ、はじめてだ。どうしたら、いいてんだ。檀那、嘘にきまってまさあ。わかるでしょう。おれが盗んだんだ。なんだか知らねえ

が、新しくって、重そうだからよ。ちぇっ、おれの倅《せがれ》が、このあんちゃんの半分でも、やさしかったらなあ。檀那、いきますよ。豚箱へでも、どこへでも」

「お巡りさん。嘘じゃないんだ。ほんとですよ。こんなボールひとつで、お年寄を、罪におとすなんて、ぼく、見てられませんよ」

　小きんはバッグを、巡査におしもどした。

「わかりました。しかし、これはあなたのですよ。どうも、おひきとめして、失礼しました」

「でも、それじゃあ……」

「このじいさんですか。すこし、酔ってるようです。あなたのバッグを、わすれものと早合点して、交番へ持ちこんだのは、そのせいらしいですな。こんなに飲みすぎないように、よくいいきかせますよ」

「お巡りさん」

　小きんは、感激を顔にみなぎらせて、手をさしのべた。巡査はその手を、かたくにぎった。

　小きんは電車通りにむかって、歩きだした。間ぬけじじい、間ぬけじじい、と声にはださないつぶやきで歩調をとって、さっさと歩いた。ボーリング・バッグは、だんだん重くなってくる。耳ざわりな音のするジッパーを歩きながらあけて、のぞいてみた。黒くつやつやしたボールは、本物そっくりだったが、つぎ目らしい線が一本、はっきりと入っている。そこをかためてある蠟が、溶けかけているようだった。顎を近づけると、へんな臭いがした。防腐処置はしておいた、と桑山はいったが、じゅうぶんでなかったのかもしれない。

こうなったら、どこへでも棄てる気だ。バッグの口をひらいたまま、電車通りへでると、歩道のはじのごみバケツも、大きく口をひらいていた。そのなかへ、ぶちまけるつもりで、近づきかけると、

「あんた、かばんの口があいてますわよ」

すれちがいながら、近所のかみさんらしいのが、お節介をやいた。しかたがないから、あたまをさげて、ジッパーに手をかけたときだった。すこしさきの停留所で、客をのせているバスに、間にあおうとしてのことらしい。背後にあわただしく、靴音がせまって、小きんは肩をつきとばされた。

「あ、失礼」

声をのこして、若い男のうしろすがたが、飛蝗《ばった》のように、バスへはねる。バランスを失って、小きんは歩道に片膝ついた。とたんに、バッグのなかからボールがころげて、車道

へとんだ。小きんの目も、ボールを追ってとびだした。なにかにボールがぶつかったら、蠟の溶けかけているつぎ目から、まっぷたつになるにちがいない。そう思ったときには、あとさきも見さだめずに、小きんは車道へ泳ぎだしていた。ブレーキの悲鳴。タイヤの叫び。アスファルト道路が波うって頭上に立ちはだかる。がぜんボールが大きくなった。ぐるりとまわって顔の下に空がくる。

「あぶない!」

と、さっきのかみさんが叫んだ声は、聞えなかったろう。小きんといっしょに、はねとばされたボールが、宙をななめに、オート三輪の荷台にとびこんで、走りさったのも見とどけられはしなかったろう。ねじれたような恰好で、たおれたまま動かない小きんの顔が、半分まっ赤に見えたのは、けっして西日のせいではなかった。

こんな書きかたをすると、センスが古い、といわれた腹いせに、もうひとりの私は、気どってる、とかなんとか攻撃してくるだろう。なんといおうと勝手だけれど、重要人物の名前を、ことわりもなく変えてしまうのは、ひどすぎる。茜一郎なんてのは、レコードが一枚だけ、まぐれあたりの大ヒットして、有頂天にのりまわしたロータス・セブンもろとも、崖から落っこったおかげで、わすれられずにいる流行歌手の名前、といったところだ。私はだんぜん、赤西一郎太に固執する。

八重洲通りにある公衆電話ボックスで、捜査本部の福本主任に報告をしている玉木刑事の口からも、したがって、茜という名前は出てこない。

「赤西の父親には、あってみました。おどろきましたよ」

「まさか、目が三つあったわけじゃ、ないだろうな」

福本主任は電話のときにかぎって、大まじめに冗談をいうくせがある。

「いえね。立志伝ちゅうの人物なんです。なにしろ、よなげ屋から、身を起して――」

「よなげ屋？　ああ、むかしよくあったな。ゴムの服で、腰まで川につかって、金物なんか、ひろいだす商売だろう」

「そうです。そうです。近所で聞いたところじゃ、そのよなげ屋から身を起して、いまじゃあ、あのへんの土地家屋、ほとんどを持ってるって、いうんですがね。生れてこのかた、たびをはいたことがない。タクシーにのったこともない。酒をのんだことも、ないそうですよ」

「財田さんのご老体みたいだな」

「そうです。ボコデンそっくりで」

「ええ？」

「いえ、なんでもありません。ぼくが話をしているうちに、タバコをだしたら、むこうも袂《たもと》なんかさぐってるんで、一本すすめたんです。そしたら、カミソリでふたつに切って、竹のパイプにつめましてね。ぼくがすろうとしたマッチの軸木はとりあげて、罐詰のあき罐にしまいこんでから、火打石で火をつけてくれましたよ」

「二宮金次郎先生の逸話は、もうけっこうだ。近所の評判は？」

「たいへん、いいんです。なにしろ、台所のごみと紙くずを集めにこないんで、家作の連中が困ってたら、書生と女中が、一日おきに、処分してくれるんですって。女中に聞いたら、じつは紙くずで、風呂を焚《た》き、台所くずで、番犬と豚を養うらしいんですが。まあ、あきれるひとはいても、悪口をいうひとは、ないってとこですね」

「わたしが聞いてるのは、息子のほうの評判だよ」

「父親にいわせれば、孝行息子ですな。自分がふやしてきた金は、死ぬまで自分でふやしていきたい、というおやじさんの意志を尊重しましてね。大学もアルバイトして、出たんだそうです。探偵事務所をひらきたい、というのにも、もうかることなら、なにをやってもいいが、親をたよるな、といったら、実行してるようだって、おやじさん、ご機嫌でした。客間にあるテレビも、息子が安く組立てて、月賦で売りつけおった、といってましてね。これがちゃんと、視聴料をとられるチャンネルには、ダイアルがいかないようになってるあたり、心得たもんですよ」

「ふん、あたまは悪くなさそうだな」

「自分で改造した離れにすんでて、毎晩、あかりはついてるそうです。近所の噂は悪くても、変りものだ、という程度ですね。おもしろいのは、近ごろ家庭の主婦に、推理小説マニアが多いでしょう。あの近所にもかなりいる。それを相手に、なにか事件が起ると、新聞記事をデータにして、推理トトカルチョみたいなのを、やりましてね。奥さんがた、だいぶヘソクリを巻きあげられているようですが、その連中には、どうして、なかなか、人気があります」

「それじゃ、町の推理マニアが、机上探偵では我慢できなくなって、関わりあいをさいわいに、首をつっこんできた、ということになるね。臭いところは、なさそうじゃないか」

「はあ、すみません」

「あやまることはないさ。これで、きみも納得したろう。まあ、一郎太君は適当にあしらって、あまり鼻をつっこませないようにするんだね。民間の協力を拒否して、逆に容疑者あつかいしたなんて、騒ぎたてられると困る」

「その点は、気をつけたつもりです。しかし、まだ納得したわけじゃありません。毎晩、家にいた、といったって、証人はないんだし」

「ずいぶん、こだわるね。でも、紙幣番号を、ひかえる手つだいをしたりして――」

「あれは、念のために見せてもらったら、正確にひかえてありました。それで、迷ってるんですが……どうも、あいつ、気にくわないんで」

「先入観にとらわれるのは、いちばん危険なことだ。きみらしくないぞ」

「はあ、ですから、いまは荒垣君といっしょに、同窓名簿のほうをあたっています。きょうじゅうに、あと三人まわるつもりですが、ああ、ちょっと待ってください」

近くのビルの玄関から、荒垣刑事が出てきて、ポケットからだした塵紙《ちりがみ》で、鼻をかむのが、見えた。通りかかった中年婦人が、ぎょっとして、立ちどまった。荒垣刑事が鼻をかむと、ジェット機が音の壁をやぶったようなひびきが起る。あの奥さん、さぞたまげたろうな、と苦笑しながら、玉木が見ていると、荒垣はこちらにむかって、首をふった。

「サ行の四人めも、収穫なしです。そちらには、なにか目ぼしい報告、ありましたか」

「残念ながら、ないんだ。学校時代の友だちで、いまでも千寿子がよく遊びにいっているのは、何人かわかった。まあ、親友ってわけだが、その連中も、現在のボーイフレンドについては、なんにも知らない。千寿子という娘は、秘密主義だったんだな」

「大じいさんの耳に入るのを、警戒してたんでしょう。合気遠当ての術で、テストされたんじゃかないませんからね。じゃあ、また連絡します」

玉木は電話を切って、ハンカチをだしながら、ドアをあけた。ボックスのなかの陽気は、もう汗ばむほどだった。

「こんどは、どこだ？」

「ええっと、四谷だな」

　手帳を見ながら、荒垣がいった。

「じゃあ、駅へいってくれないか。すぐ追いつく、もう一本、電話をかけたいんだ」

「恋人へも報告か。まだとうぶん、あえそうもないって」

「借金のいいわけさ」

「借金のいいわけかって、聞いてたら、どう答えた？」

「恋人へも報告だって、答えたさ」

「じゃあ、すぐこいよ」

　荒垣刑事は、ボックスを離れた。玉木はドアをしめると、受話器をはずして、三方の窓ガラスをたしかめてから、十円硬貨をスロットへ落した。

　八重洲口の信号が青にかわって、荒垣が東京駅がわにわたりおわったとき、ひと波をすりぬけて、玉木刑事が追いついてきた。ふたりが肩をならべて、南口の出札所まできたときだった。乗車券販売機の前で、玉木がポケットの小銭をさぐっていると、肩に手をかけるものがある。同時に耳のそばで、低い声がささやいた。

「刑事さんもですか」

ふりむくと、赤西一郎太が、恋にやつれた象みたいに、長い顔に目を細めて、立っていた。上衣はだらしなく腕にかかえて、ゆるくむすんだネクタイは、きょうもツイストを踊っている。肩にはフケ、胸にはタバコの灰が、やっぱりたかっているが、ワイシャツなので、そんなには目立たない。

「なんだ、きみか。まさか、ぼくらを尾行してたんじゃないだろうな」

玉木刑事も、小声でいった。

「ちがいますよ。目的はおなじですが」

「目的っていうと？」

「下検分じゃないですか。ほおら、きょうがあしただったら、ゼロ・アワーをすぎたところですよ、いまや」

妙ないいかたをして、一郎太は毛深い腕を、玉木の目の前へ横にした。古物らしく、文字盤の黄いろくなった腕時計が、五時三十四分をしめしていた。

「ああ、あのことか」

「だから、下検分にきたんです。やつらはいったい、どういう手をつかう気だろう、と思って。刑事さんも、そうなんでしょう。地形をきわめておくのが、作戦の第一歩だから」

「ぼくらは、電車にのりにきただけだ」

「隠さなくても、いいでしょう。敵はこのひとごみを利用するつもりなんですよ、きっと。これだけの人間が、ぼくひとりを例外に、一瞬にして虱《しらみ》になっちまったら、どうすればいいんでしょうね。さっき、そんなことを考えたら、髪の毛が逆立ちました」

そんなことを考えなくても、髪は逆立って、分裂症を起している。そのあたまへ、にぎり拳をふりかざすと、手のひらを上むきに、ぱっと五本の指をひろげて、一郎太は、しごくまじめな顔つきだ。玉木は、ため息をつくと、早口になって、

「ほんとに、ぼくらは電車にのりにきたんだ。じゃあ、失敬」

「もうすんだんですか。だったら、ぼくの車を利用してください。ラッシュ・アワーは、いまがピークですよ。押されて揉まれて捩《ね》じられて、おりたときには服がだぶだぶ、なんてことになりかねない。どうぞ。どこへでも、お送りします」

「しかし……」

「いいじゃないですか。乗ってくれないと、ぼく、大声をあげますよ。あしたのいまごろ、ここで、身代金の受けわたしがありますから、一般のかたは、待合室附近へは立ちよらないでくださあいって」

一郎太は、一本指をカギにして鼻のあたまをかきながら、にやにやしている。玉木刑事

は、舌うちした。そのうしろから、荒垣が口をだした。

「しかたがないから、利用させていただこうよ、四谷まで」

「そちらも、刑事さんでしたか」

「刑事と罪人は、とかく見わけのつかないもんですよ。競馬の騎手は、だんだん顔がとがってくるそうでね。荒垣です。赤西さんでしょう？　あんたのことは、聞きましたよ」

「よろしくねがいます。連行ちゅうの罪人と、まちがえたんじゃないですよ、ぼくは。黒澤明の映画にでるんで、実地見学ちゅうの俳優さんか、と思ったんです。強引にすすめといて、いまさらじみますが、すこし歩いてください。近くにとめられなかったもんで」


フォルクスワーゲンは、丸銭と低島屋のわきへぬける通りにとめてあった。玉木と荒垣をバックシートに収容して、車をスタートさせると、すぐに一郎太は口をひらいた。

「あしたは、おふたりも、張りこむんでしょう？　いまから、武者ぶるいしてるんじゃないんですか」

「そういう質問には、答えられないな」

無愛想に、玉木がいった。

「武者ぶるいしたって、恥ずかしかないですよ」

「張りこみのことを、いってるんだぜ」

「まだぼくを、信じてくれてないのかな。近所の噂や、おやじの話が、信用状になった気でいたんですがね。ネオンもほほえむころなのに、ぼくの心は泣きたいようなやるせなさだ」

「近所の噂や、おやじの話って、なんのことだね」

「とぼけなくても、いいですよ。ぜんぜんまったく、気にしちゃいません。お互いさまです。あいこでしょだ。財田のおばあさんから、聞いたでしょうに。ぼくだって、刑事のひとりが犯人って可能性もある、なんて不逞の言辞を、弄しちゃってるんだから」

「そんなことといって、あの瘋癲《ふうてん》ばあさんに取りいったのか、きみは」

「いってやろ。いってやろ。ひどいなあ。おばあさんが聞いたら、癇癪玉《かんしゃくだま》がそれこそ、風船みたいに膨れあがって、たちまち破裂すること、うけあいですよ。ぼくに対しても、ひどい。論理をドライにすすめただけなのに、取りいった、とはなにごとです。手袋があったら、あんたの頬に投げつけて、決闘をいどみたいところだな。武器はコンニャクの冷したの。それで互いに、鼻のあたまをたたきっこして、さきに霜焼けになったほうが負け、というのは、どうでしょう」

「私立探偵よりも、ラジオのディスク・ジョッキイを志願したほうが、いいんじゃないかな、あんたは」

と、荒垣が口をはさんだ。

「探偵としての才能も、おいおい、お目にかけます。いまの話は、おばあさんを信用しないで、口をすべらしたぼくが悪いんだから、潔くあやまりますよ」

一郎太が、ハンドルから左手を離して、拝むまねをすると、玉木は、苦味チンキをなめた狆《ちん》みたいに、顔をしかめて、

「最初から、中傷めいたこと、いわなきゃいいんだ、おばあさんを信用しないくらいなら」

「中傷じゃなくて、論理の対象にしたんだから、兵隊の位でいえば、上のあつかいをしたつもりですが、まあ、いいです。ごめんなさい。話題を変えましょう。あしたのことなんですがね。やつら、貸ロッカーをつかうんじゃないかな」

「どうして?」

と、荒垣が聞く。

「まわりにひとが、やたら大勢いるってことは、やつらにとって、有利です。どれが犯人《ほし》やら、見わけがつかない。けれど同時に、不利でもある。どれが刑事《でか》やら、見わけがつかない。敵はとうぜん、張りこみを予想して、作戦を立てるはずですからね」

「そりゃあ、そうだろうな」

「敵としては、財田さんと長話をしたくはない。前に立とうが、うしろに立とうが、口をきいてたら、あんたがたと財田さんに、顔と声をおぼえられちゃうわけだから」

「解説をはしょっても、ついていけますよ。こっちも、専門家のはしくれだからね」

「ご無礼でした。探偵のしごとってのは、俳優とおんなじだ。あたえられた環境にしたがいながら、だれとも知れぬ犯人に扮することだ、といいますね。そうすれば、まず、犯人の方法がわかり、やがては、顔がわかってくるって」

「うん、おもしろい意見だな」

「でも、古くさい、と思いますよ、ぼくは。これじゃ、動機がわからない。しかし、いまの場合には、ぴったりだから、ぼくもやってみたわけなんです。ぼくが犯人だったら、どうするか。あたえられた環境は、東京駅をつかって、ふたりから四人までの人員で、顔を見られずに、身代金をせしめること」

「その人数は、どこから割りだした？」

「徳太郎氏が、ふたりは確認してますね。新聞に電話したのと、バッグを持ってきたのが、そのふたりのどちらかだったとすれば、ふたりです。どちらかが、別人だったとすれば、三人です。どちらも別人だったとすれば、四人です。現在までのデータでは、可能性はそこまででしょう」

「なるほど。その環境で、あんたなら、どんな手をつかうね」

「どうしても、多少の危険はともないます。財田さんは、金づつみをしっかりかかえて、待合室に立っている。あるいは、椅子にかけている。そこへ、さりげなく近づいて、小さくたんだ紙を、わたすんです。前をすりぬけながら、足もとに落してもいい。うしろを通りながら、襟へはさんでもいい。財田さんがひらいてみると、こう書いてある。何号の貸ロッカーへ金を入れろ。あけやすいように、扉をすこし、浮かしておく。金を入れたら、きちんとしめておけ。娘は、二十四時間以内に返す」

「そんなことで、財田さんが納得しますかな」

「するもしないも、だれに文句をいっていいか、わからないんですぜ。財田さんは、いわれた通り、するよりほか方法がない。あなたがたはまず、四方八方から、ロッカールームを監視するでしょう。ところが、なかなか、それらしき人物はあらわれない。問題のロッカーには、いつの間にか、鍵がかかっている。財田さんの家には、その翌日、速達がとどいてね。娘はどこそこの、こういう場所に閉じこめてある、勝手につれていけ、と書いてある。みんながそこへ駆けつけてみると、お嬢さんはたしかにいた。そこで、ロッカーのほうを、マスターキイでひらかせてみると、金はなくなっている、というのはどうです?」

「たねあかしを聞いてからじゃないと、なんともいえませんな」

「財田さんが金を入れたあと、鍵をかけるのは、簡単にできますね」

「問題は、どうやって、金を持ちだすかだ」

「目標のロッカーの右どなりでも、左どなりでも、上でも、下でも、どこでもいいから、もうひとつ、借りとくんですよ。何時間かたってから、ぼくは相棒をつれて、出かけていく。平凡なかばんをひとつ、持ちましてね。もうひとつ借りといたロッカーへ、そのかばんを入れながら、相棒をカーテン代りに、問題のロッカーから金づつみをだす。そいつもかばんを入れたロッカーにしまって、出ていきます。手ぶらだったら、怪しまれない。こんどは翌日、ひとりでいって、かばんへ金を入れてから、大手をふって高飛びする、という寸法なんですが」

「なるほどね。うまくやれれば、うまくいくだろうな。段どりとしては、あざやかだ」

「うまくいく率は、多いような気がします。なにしろ、人間ひとりの命がかかってるんだ。犯人をつかまえるための張りこみじゃないから、臭いぞ、と思ったって、職務質問なんかしやしないでしょう。ロッカー・ルームは、ガラス張りです。あんたがたは、外から見張る、と思うんだ。なかにおくほうが、いいにきまってるが、そうするには、べらぼうな人数がいる。頻繁に交替させなきゃ、すぐ犯人に気づかれちまいますからね。それができるくらいだったら、最初から、変装した警官と婦人警官で、待合室をうずめちゃうべきだ」

「そんな人海戦術がとれるくらいだったら、いまごろねえ。こんな基礎調査の段階で、とことこ靴をへらしちゃいないよ、われわれは」

「だから、見張りは外からでしょう。ぼくが入っていく。問題のロッカーに近づく。すわやとみなさん、ぼくの手もとに注目しますよ。けれど、その手は、となりのロッカーへ。人間の視線というものは、失望するとかならず、つぎの希望をもとめて移動する。その心理的な空間と、相棒のからだが占める空間を、利用するわけですからね。そんなにむずかしくは、ないはずです」

「そういわれりゃあ、そんな気もするな」

荒垣がうなずくそばから、曲馬団の海驢《あしか》みたいに、嘲笑を鼻のあたまにのせて、玉木が口をはさんだ。

「ぜったいだよ。あした、そんなことは起らない。マジック・ショオの舞台じゃあるまいし」

「もちろん、ぼくがほんとの犯人だとしたら、もっと奇想天外なやりかたをしますよ。はじめはやっぱり、手紙をわたして、ロッカー・ルームへいかせるんですがね。ロッカーには、ボストンバッグが入ってる。それを持って待合室にもどり、金を入れて膝にのせ、つぎの指示を待て、と手紙には書いてある。財田さんがボストンかかえて、いまかいまかと待つうちに、いつの間にやらあっちに三人、こっちに五人。そっくりおなじボストンをぶらさげたのが、若いの、年より、男に女、待合室に入ってきて、ついにはその数、二十人あまり。あれよあれよ、という間もなく、財田さんのかたわらで、そのボストンはあたしのよ。いや、ぼくんだ。おれのさ。わしのじゃよ。こんなところにいると、間ちがえられるばっかりだ、という騒ぎが起って、こりゃ、いけない、としらべてみれば、あけてくやしきからバッグ、徳太郎たちまち半狂乱、という一席なんですが、どうでしょう?」

「どっちをむいても、ボストンバッグで、どれを追いかけていいかわからない。成功したら、いい気もちだろうがね。おなじボストンを二十も買いこんで、エキストラを二十人も雇えば、たちまち足がつくよ」

「調子にのると、たちまち、ぼろがでる。ペイパー・ドライバーってことばがあるから、ぼくはさしずめ、ペイパー・クリミナルかな。へまをやっても、逮捕状はでないでしょうね」

首をすくめる一郎太の背に、玉木は、つめたい声をあびせた。

「ふざけたことばかりいってると、公務執行妨害罪で実地をあじわわせてやるぜ。おれたちは、税金を勝手につかって、遊んでるんじゃないんだ。手をだしゃ嚙みつく毒へびを、だだっぴろい藪《やぶ》から、追いだそうとしてるんだぞ。新聞を読んで、警察の無能を笑うのは、勝手さ。しゃしゃり出てきて、邪魔はしないでくれ」

「すみません。これでも、まじめに心配してるつもりなんです。専門家を前にして、照れくさいからふざけてるだけで——ぼくの不注意から、犯人に車がわたりさえしなければ、こんどの事件は、起らなかったかもしれないんですよ。そう思うと、たまらないんだ。もうひとつだけ、聞いてくれませんか。気になることがあるんです」

「話してみたまえ」

と、荒垣がうながした。

「手紙にはただ、待合室、としか書いてなかったでしょう？　ぼくはさっきから、八重洲口の待合室ということで、話をしてた。でも、東京駅には丸の内がわにも、待合室がありますね。犯人はいったい、どっちのことをいってるんでしょう」

「やっぱり、八重洲口じゃないかな。待合室といえば、列車の客のためのものだろうし、列車を待つのに行列をつくるのは、八重洲口だからね」

「そうでしょうか。なんだかとても、気になって……ええと、四谷はどのへんです？」

フォルクスワーゲンは、靖国神社の大鳥居を、夕ばえの空にあおぎながら、九段坂をのぼりかけていた。あしたも一日、夏の予告篇を、見せられるらしい。財田千寿子が、スウエーターで出かけていることを、荒垣刑事は思いだした。どんなところに、閉じこめられているのか、急に汗ばむ日がつづいて、気力はおとろえるばかりだろう。去年の暮に、まだ一歳にもならない娘を、流感で死なせている荒垣は、とつぜん鼻がつまるような動揺をおぼえて、塵紙をひろげた。鼻をかんだとたん、大音響におどろいて、一郎太は急ブレーキをかけた。玉木はフロントシートにつかまって、大笑いした。荒垣は不愉快そうに、同僚を見つめた。ふいに玉木が、いままでとは、ぜんぜんちがった人間のように、見えた。

第七歩は東京駅で

もうひとりの私は、強情を張りとおすつもりらしい。それも、いいだろう。事件はいまや、クライマックスにさしかかって、そんなことに、かまっていられる場合じゃない。金曜日の午後五時十五分、警察の自動車が一台、丸ビルの前にとまった。ちょうどそのとき、丸の内南口にある売店では、勿来部長刑事が、タバコを買っていた。かたわらの赤電話では、近くのビルから、解放されたばかりらしい若い娘が、今夜かぎりで、唖になる運命を、知らされたかのように、はてしなく喋《しゃべ》りつづけている。それを幸いに、うしろで貧乏ゆすりをしているのは、玉木刑事だ。改札口のドームの下で、足もとに旅行かばんをおいた男が、柱によりかかっている。これも、やっぱり刑事だった。

警察自動車のなかでは、福本主任が、財田徳太郎と徳造に、最後の注意をあたえていた。徳太郎は、膝に古ぼけたかばんをのせて、その握りにからんでいる太いくさりは、左の手首にむすばれている。かばんには、錠前がふたつあって、しかも、手首のくさりを外してからでなければ、鍵がつかえないようになっていた。徳造の膝にも、おなじようなかばんがのっている。だが、こちらには、くさりがついていない。

「よろしいですな。ここからは、離ればなれにいらしてください。じゅうぶん、手はうってありますから、ご心配なく。金をわたすときは、お嬢さんをどういう方法で返すか、よく念をおして聞いてください。わたしてからも、騒いではいけません」

福本が噛んでふくめるようにいうと、徳造はせわしなくうなずいて、

「娘はもちろんだが、金もかならず、取りもどしていただけるでしょうな」

「全力をつくしますよ。ですから、わたしたあとは、われわれにまかせて、お帰りください。くどいようですが、ご存じの刑事がいても、知らん顔にねがいますよ。じゃあ、どうぞ」

まず徳太郎がおりて、徳造がそれにつづく。運転手の横から、財田事務所の権田保がおりて、徳造に手をかした。横断歩道を東京駅さして、わたっていくふたりを、福本主任は、くびれた顎《あご》の肉をひっぱりながら、見おくった。腕時計をながめてから、ドアのそとに出て、帽子をかぶりなおす。警察自動車は、走りさった。主任は、駅の三角屋根をにらみつけると、力のこもった足どりで、横断歩道をわたりだした。

おなじとき、八重洲口名店街では、カステラの不明堂の前に、荒垣刑事が立って、ウィ

ンドウのなかでやっているドラ焼の製造実演を、熱心にながめていた。八重洲北口の改札前では、日焼けした男が若い女と、くどくど話しあっている。男は刑事で、女は婦警だ。そして、このときあたかも、御茶ノ水の駅をはなれた中央線上りの電車内では、黒いポロシャツに上衣をかかえて、サングラスをかけた若い男が、しきりに腕時計を気にしていた。丸の内南口では、売店の赤電話で、若い娘がまだ喋りつづけている。ドームの柱によりかかった男が、大あくびをしてから、首すじを平手でたたいた。貧乏ゆすりをしていた玉木は、若い娘をにらんで、大きな舌うちをすると、歩きだした。買ったばかりのタバコを、もう二本めに火をつけながら、売店の雑誌をえらんでいた勿来部長刑事も、おもしろそうなのが、見つからなかったらしい。夕刊を一部もらって、出口のほうへ動きだした。

徳造が権田保をしたがえて、ドームに入ってくる。徳太郎が見えないのは、半地下道で八重洲口へぬけるために、北口へまわったからだ。玉木刑事は、すでに買ってあった切符を手に、改札口を通った。福本主任は、中央口にむかっていた。パトカーが一台、とまっているそばを通りすぎると、フロントシートの警官が、視線をあわせて、かすかに首をふった。なんのニュースも、入っていない、ということだ。

きのうの夕方、茜一郎が、荒垣と玉木の両刑事を車ではこびながら、きょうの予想に夢中になっていたころ、玉川署の捜査本部に、ひとすじのかすかな光がさしこんだ。事件発生四日めにして、はじめて手がかりらしい手がかりが、ころげこんだのだ。一郎の車が盗まれた錦糸町かいわいを、聞きこみにあるいていた刑事からの情報だった。映画館通りのガン・ルームで、両替のブースに入っている女事務員が、車の盗まれた日の夕方、財田千寿子らしい娘を見かけた、というのだ。

愚連隊ふうの男にからかわれて、勇敢に反撃してから、出ていったそうで、その娘のもっていた古風な懐中時計が、ひどく女事務員の印象にのこっていた。さっそく財田邸へ、電話してみると、前日とどいたハンドバッグからは消えているが、たしかに千寿子は、そんな懐中時計を、腕時計のかわりに徳造からもらって、持ってあるいていた、という。愚連隊は四人づれで、いずれも見かけたことのない顔だったそうだ。ひとりだけが年かさで、身なりもずばぬけてよかった、というから、それが兄き株らしい。しかも、そいつの服は、黒っぽいコンチネンタル・スタイルで、いま流行のものだから、ぜったいの頼りにはならないにしても、財田事務所にあらわれた男の服装と、いちおうは一致する。

その四人組を、四課の力を借りて、洗いだしにかかっていた。なにかわかりしだい、パトカーか、東京駅の鉄道公安室に、知らせが入ることになっている。中央口を入った福本主任の目的地は、そこだった。きょうの張りこみには、国鉄がわにも協力をもとめて、公安室が総指揮の場所にさだめてあるのだ。無線ラジオをすえて、駅のまわりに配置したパトカーとも、勿来部長刑事と、荒垣刑事のもっているトランシーバーとも、連絡がとれるようになっている。二班にわかれて、張りこんでいる刑事たちの、勿来は丸の内がわ、荒垣は八重洲がわの責任者だった。

どっちの口の待合室だか、はっきりしないのが不安だから、ついていきたい、と徳造がいいだしたので、ふた手にわかれることになったのだが、これほど大がかりな張りこみは、めったにない。福本主任は、軽い興奮をおぼえながら、戦場にのぞむナポレオンのように、右手を大きな腹にあてて、公安室へ入っていった。そのとき徳造は、からっぽのかばんを手に、丸の内がわの待合室に近づきながら、勿来部長刑事のすがたをみとめて、ほっと息をついていた。徳太郎は、五千枚の千円紙幣を、しっかりかかえて、連絡通路を急いでいる。

八重洲口の名店街では、鉄板の上にまるく黄いろく、狸の化けた月みたいに、たくさんならんだドラ焼の皮を、荒垣刑事が、依然としてながめていた。だれかが、その背にぶつかった。ふりかえると、女がひとり待合室のほうへ、ひとごみを縫っていく。さっきまで、北口改札の前で、男のつれと話をしていた女だった。荒垣がそのまま動かずにいると、しばらくしてすぐ横を、徳太郎がすりぬけていった。そのころ、丸の内がわから、入場券で入ってきた玉木も、八重洲南口の改札を出て、待合室にむかっていた。一番ホームには、わずかな客を吐きだして、たくさんの客をのみこむために、電車がついたところだった。サングラスの若い男は、まっさきにホームへおりた。だが、屋根からさがった時計を見あげて、なにかをためらうように、からだをゆすっていた。

　公安室の時計が、五時三十五分になった。全員が配置についた報告は、もうだいぶ前に入っている。福本主任は、無線ラジオをにらんで、ゆっくりと顎のたるみをひっぱっていた。ひたいには、汗がうっすら浮かんでいる。六人の子もちだという公安主任は、待合室にすわっている父親の気もちを忖度《そんたく》して、暗い顔つきだった。とつぜん、無線ラジオが目をさまして、荒垣刑事の声でいった。

「こちら八重洲口、まだなにも起りません。丸の内のほうは？」

「なにも、ないらしいな」

「ちょっと待ってください。女がひとり、近づきました。あとでまた――」

　柱のかげで、トランシーバーに話しかけていた荒垣は、待合室の入口にいる部下が、小指で鼻のあたまをかくのを見ると、それだけ報告してアンテナをちぢめた。便所へいってきたふりで、ハンカチを皺にしながら、待合室へもどってみる。徳太郎のとなりに、若い女が腰をおろすところだった。大胆なサマーコートのあいだから、画家の細君がアトリエで夫婦喧嘩をしたあとみたいな、派手なプリントの服をのぞかせて、見よがしに足をくむと、濃くいろどった唇へ、女は外国タバコをすべりこませた。かたわらには、ま新しい旅行かばん。

　徳太郎の左どなりも、女だった。名店街で荒垣の背にサインを送った婦警だが、徳太郎はそれを知らない。両わきに女をおいて、ますます落着かない様子だった。眉をくっつけて、伏目かげんになりながら、両手でしっかり五百万円をおさえつけている。そういえば、あの古かばん、敵をむかえてふくらんだ蟇《がま》を、連想させないこともない。誘拐犯人が遠くから、児雷也《じらいや》もどきの妖術で呼びよせると、立ちどころに足をはやして、跳ねていってしまいそうで、徳太郎は気が気でないのだろう。

　右どなりの女は、火のないタバコを口にしたまま、膝の上のハンドバッグをひらいた。なかをのぞきこんでから、とつぜん徳太郎に話しかけた。荒垣は緊張した。だが、婦警は週刊誌に目を落したまま、なんのサインもしない。徳太郎が首をふっている。女は立ちあがった。前の長椅子にのしかかって、学制服の男に声をかける。男はふりむいて、なにかを手わたした。女の手のなかで、小さな炎がひらめいて、唇からけむりがもれた。荒垣は苦笑した。むこうのすみで、玉木がやはり、苦笑している。

　このとき、丸の内がわの待合室では、勿来部長刑事が、にがりきっていた。高校生らしいのが三人、かたまって入ってきて、すみでなにか話している。まんなかのひとりを脅して、あとのふたりが、小づかい銭をたかろうとしているらしい。みんな、見て見ぬふりをしている。まんなかの泣きそうな顔を見ると、なんとかしてやりたい、と思うのだが、それができない。勿来はやたらにタバコをふかしながら、待合室を出ていった。戸口に、サングラスをかけた若い男が、隠れるように立っていた。

「その様子が、ちょっと気にくわなかったんですが、すぐ立ちさりました。そのほか、なにもありません」

勿来の声を、公安室の無線ラジオがつたえたとき、時計は五時四十八分をしめしていた。そのあとへ、荒垣からも報告が入った。

「さっきの女は、となりにすわったままです。こっちの思いすごしでした」

アンテナをちぢめてから、荒垣はポケットに入れてあったチューインガムをだした。いま買ってきたばかりみたいに、包装をやぶりながら、待合室へもどろうとすると、入口にいる刑事を楯に、なかをうかがっているやつがある。サングラスをかけた若い男だ。

荒垣は、それとなく観察しながら、なかへ入って、椅子にかけた。婦警はあいかわらず、週刊誌を読んでいる。玉木はどこかへ移ったのか、さっきの席には見あたらない。もうひとりの刑事が、こっちをむいたが、なんのサインもしないところを見ると、便所へでもいったのだろう。そのとき、男ばかりが四人、どやどやと入ってきた。四人が四人、そっくりおなじボストンバッグを持っている。きのう、茜一郎がだしたアイディアを、荒垣は思いだした。それに、錦糸町で浮かんだ愚連隊は、四人組だ。荒垣は緊張のあまり、チューインガムを力いっぱい噛んだ。顎の骨が、がくっと音を立てた。

荒垣にそんな思いをさせた責任者である茜一郎は、おなじ瞬間、世田谷区深沢の財田邸で、小さなまるい目玉が十、大きなまるい口がふたつ、黒いからだについている怪物を、いっしんに観察していた。玉木の反対におとなしく従って、東京駅へいくのは、あきらめたのだ。徳右衛門も稽古着の肩をいからして、アリグザンダー・グレアム・ベル氏の魔法の函《はこ》をにらんでいる。お兼は座蒲団も敷かずに、ぺたりとすわって、やはり電話機を見つめている。六つの目で見つめられて、文明の利器も恐縮したのか、だんだん小さくなっていくようだった。茜一郎が、腕時計をながめて、つぶやいた。

「五時五十分。もうなにかいってきても、いいころだがな」

とたんに、電話のベルが鳴りだした。

東京駅の公安室では、福本主任が、無線ラジオを見つめている。みんなの緊張しすぎているのが、気になってしようがなかった。駅構内へのりこんだときは、戦場にのぞむナポレオンのような気分だったが、どうやらその戦場、ワーテルローだったのかもしれない。

かたわらの公安主任が、大きな息をついていった。

「どうしたんでしょう。来ないのかな」

丸の内がわの待合室では、徳造が汗をふきながら、口のなかで、おなじ文句をくりかえしていた。犯人があらわれたらいうべきことばを、復習しているのだ。

「手紙では、どっちの待合室だが、はっきりせんので、わたしがここへきた。金は息子がもって八重洲口のほうにいる」

その八重洲口待合室では、徳太郎が青ざめた顔をこわばらせて、緊張のあまり、失神するのではないか、とわきにいる婦警を、心配させていた。そろいのかばんの四人男は、すみにかたまって、なにか話しあっている。それがとつぜん、椅子のならんだあいだを、一列になって、徳太郎のうしろへ、近づきはじめた。婦警は、気がつかないようだ。玉木のすがたは、まだ見えない。もうひとりの刑事は、新聞をひろげている。四人に気づいているのか、いないのか、荒垣の位置からは、はっきりしない。

とっさに思いついて、荒垣は塵紙をとりだすと、鼻をかんだ。雷《らい》といわれたほどの大音響に、びっくりした顔が、たくさんこちらをむいた。婦警の顔も、刑事の顔もある。四人の男も、徳太郎から離れたところで、立ちどまった。サマーコートの女は立ちあがった。その瞬間だ。

さっきのサングラスの男が、待合室にとびこんできた。うしろに、玉木の顔が見える。若い男は前のめりに、まっすぐ徳太郎めがけてすすんできた。サマーコートの女は、旅行かばんをつかむと、あわてて身をひるがえした。逃げようとしたらしい。だが、なにかにつまずいて、徳太郎の膝の上へ、尻もちをついた。五百万円入りの古かばんは、女のヴォリュームのある尻に敷かれて、恐妻亭主のような悲鳴をあげた。

まわりから、笑い声が起ったが、すぐにやんだ。サングラスの男が、上衣をつかんだ手で、女の肩をおさえたかと思うと、あおむいた白い顔に、往復びんたをくらわしたからだ。男がなにかいったが、荒垣の位置からは聞えない。女は悲鳴もあげずに男をつきとばすと、旅行かばんをふりまわした。角ばったかばんは、男の顔からサングラスをふっとばして、徳太郎の横鬢《よこびん》にあたった。男はひるんで、顔に腕をかざした。徳太郎は右手で、あたまをかかえた。女はその隙に、おどろいて立ちあがった人びとをかきわけて、椅子のあいだを走った。

そろいのかばんをさげた四人は、荒垣のそばでひとかたまりになった。よく聞きとれない地方なまりで、喋りあっている。若い女はサマーコートをひるがえして、待合室から逃げだした。男は眉をつりあげて、あとを追った。玉木ともうひとりが、それにつづいたのを確認してから、荒垣は徳太郎に近づいた。血のふきだした横鬢に、婦警がハンカチをあてやっている。荒垣はうしろからのぞきこんで、声をかけた。

「大丈夫ですか」

「大丈夫です。金は持っていきませんでしたよ、刑事さん。いったい娘はどうなるんでしょう」

徳太郎は、泣きそうな声をあげた。荒垣はトランシーバーをだして、アンテナをのばした。報告しようとすると、福本主任の声がさえぎった。

「すぐ公安室へ、財田さんをおつれしてくれ。おたくのほうへ、犯人から電話があった。張りこみは打ちきる」

このとき、駅の時計は六時七分をさしていたが、時間をここで、すこしばかり逆転させて、世田谷の財田邸をのぞいてみたい。

茜一郎の腕時計は、いま五時五十分をしめしている。

「もうなにかいってきても、いいころだがな」

と、つぶやいたとたん、電話のベルが鳴りだした。徳右衛門が筋ばった腕をのばして、受話器をむんずとつかむと、一郎はそのかたわらにすりよった。聞えてきた声は、徳造のものでも、徳太郎のものでも、なかった。

「もしもし、財田さんだね」

「財田だが、そちらは？」

「お嬢さんを、あずかってるものさ」

「なんだと！」

徳右衛門の声は、障子をふるわした。一郎は、すばやく手をのばした。録音機のスイッチを入れる。だが、リールはまわりださなかった。電源が切ってあるらしい。一郎があわててコードをたぐっていると、徳右衛門は手をふって、

「わかった。録音はしない。わしは嘘はいわん。刑事なども、そばにはいない。わしと嫁がおるだけだ。話を聞こう」

一郎は手ぶりで録音をすすめた。だが、にらみつけられて、しかたなく受話器に耳をよせた。男の声は、鉛筆かなにか奥歯にくわえて、喋っているらしい。いやにしまりがなく聞えた。

「よかろう。東京駅みたいなありさまじゃあ、相談もなにもできないからな。ひとりでこい、と手紙には書かせたはずだぜ」

「手落ちは、そっちにあるぞ。あれでは、どちらがわの待合室だか、わからんじゃないか。だから……」

「じいさんや事務所のでくの坊が、ついてきたことをいってるんじゃないよ。番犬がわん

さと、ついてきたじゃねえか。ぶかっこうな牡だけじゃなくて、牝犬までだ。ワンワンギャンギャンクウクウうろつきまわって、うるさくってしようがねえ。あれじゃ、遠くから声をかけることもできないよ。お嬢さんに帰ってもらいたくないのかい？」

「帰ってもらいたいから、金を持っていったんだ」

「つまり、もう一度、商談をやりなおしたいっていうんだな」

「そうだ」

九十歳の老人は、にがりきった声をだした。

相手はあいだをおいてから、あざけるように調子をあげて、

「いいとも。こんどの値段は、二千万だ」

「なんだと、き、きさま、無礼きわまるやつだ。二千万といったな。わしの前に出てこい。鏡心明智流は、だてではないぞ。一刀両断にしてくれる」

徳右衛門は、受話器をふたつにへし折ったら、相手がころげだしてくる、とでも思ったのか、青い稲妻をひたいに走らせて、つっ立ちあがった。一郎は袴のすそをひっぱって、メモ用紙を一枚、さしだした。鉛筆の大きな字で、落着いて、お嬢さんの無事な証拠をださせること、と書いてある。徳右衛門は、吐息とともに膝をおろした。

「よし、落着こう」

「そうだ。落着いたほうがいいね。そっちが、悪いんだからな。買いおしみするから、値段が倍増するのさ」

「曾孫《ひまご》は——千寿子は、無事でいるんだろうな、ほんとうに」

「無事だとも。あきらめたとみえて、泣かなくなった」

「証拠を見せろ。無事な証拠を」

「そうだな。声を聞かせてやろうか。ただし、ちょっとだけだぜ」

一郎がまたメモを、老人の顔にかざした。こんどの紙には、録音に注意、と書いてある。

徳右衛門はうなずいて、

「いや、録音に注意しなくては、いかん」

「なんだって?」

一郎はあわてて、メモを書きなおした。老人はそれを見ながら、咳ばらいをして、

「つまり、なんだ、録音した声などには、だまされんぞ。この目で見なければな」

「ちぇっ、無理なことをいやがるぜ。まあ、いいや、二千万円のお客さまだ。なんとかしよう。二、三日、待ってくれ」

一郎がまた、メモをだした。徳右衛門は、威厳にみちた声で、

「長くは、待たんぞ。あしたまでだ。きさまらのような蛆虫《うじむし》どもに、いつまでも曾孫をあ

ずけてはおけん。わかったな」

「わかったよ。どうやって金をうけとるかも、そんとき知らせるぜ」

電話は切れた。徳右衛門は受話器を、はったとにらみつけると、

「二千万だと！　わしは断じて、そんな大金を、この家からは出ていかさんぞ」

血を吐くような声でいってから、ゆっくり手にした受話器をおいた。

「しかし、ご隠居、ひとの命は金にかえられませんよ。お嬢さんを助けだすことを、まず第一に考えてください」

一郎がいうと、徳右衛門は皺《しわ》のなかから、きびしい顔をつきだして、

「些細なことに責任を感じて、あんたが心配してくれるのは、かたじけない。けれども、わしには、わしのやりかたがある。考えてみなされ。車夫のようなズボンをはいて、馬丁のような喋りかたをする若いものどもでも、男と女がそろいさえすれば、人間ひとりは一年たらずで、つくることができる。しかし、そういう連中だれにでも、二千万円の金を一年たらずで、つくれますかな？」

老人は、袴をなでて立ちあがると、部屋を出ていきながら、

「それに、ことば咎《とが》めをするわけではないが、わしはまだ、隠居をしてはいませんぞ」

障子がしまると、一郎はため息をついて、電話に手をのばした。

「とにかく、福本さんに知らせましょう。二千万か——畜生め」

「やつら、あたまがおかしいんじゃありませんかね」

気力のぬけた声で、お兼がいった。

一郎は、受話器にかけた手をひっこめると、すわりなおして、

「ご隠居——いや、奥さん、無慈悲なことをいうようですがね。たしかに、気ちがいかもしれない。そうだとすると、お嬢さんは、もう生きていませんよ」

おばあさんが、なにかいいかけるのを両手で制して、一郎はつづけた。

「しかし、もうひとつの場合が、考えられるんです。狂人でないとしたら、なにを考えているのか、ぼくにはわかるような気がする。だんだん、筋書のさきが読めてきたんです。やつのひいた設計図が、目の前に浮かびはじめたんですよ、はっきりと」

「やつ——やつらでしょう?」

「らのほうは、やつに操られてるチンピラです。いま電話してきたのも、そのひとりでしょう。ぼくがご老体にせりふをつけていて、どうやら穴があかなかったのはね。相手の返事が、間のびしてたからですよ。ということは、たぶん、むこうにも受話器に耳をよせて、即席のせりふを書いてたやつがいたんです。ぼくが相手にしてるのは、そいつですよ。そいつが気ちがいか、そうでないか——」

「どうやったら、わかるんです？」

「あしたまで待てば、わかりますよ。お嬢さんが生きてる証拠を、どんなぐあいに見せるか、すべてはそこにかかってる。あしたまた、お邪魔してもいいでしょうね」

「もちろんですよ。あんたが力づけてくれなきゃ、いまごろ、あたしは寝こんでます。なにしろあんたは無料《ただ》でいてえて、警察のひとみたいに、受けあいかたがあいまいでないから」

「それだけに、いざとなると、逃げだすかもしれませんよ」

一郎は受話器をとりあげて、東京駅公安室の番号をまわした。

知らせをうけた福本主任は、張りこみを中止させて、勿来部長刑事と荒垣刑事が、財田父子をつれてくるのを、じっと待った。たるんだ顎が、蛙の胸みたいに、ひくひく動いている。こみあげてくる怒りを、抑えつけているらしい。

勿来たち四人が、公安室へ入ってくると、福本はおもむろに口をひらいた。デスクの上に、両手でテントを張って、そのなかにとじこめた小人を、監視しているみたいな目つきだった。沈んだ声で、ちょうど説明しおわったところへ、玉木刑事が入ってきた。

「どうだった、あの男と女は？」

と、荒垣刑事が聞いた。

「まったくのお笑い草さ。女はまっすぐ、交番へ逃げこんだよ」

「どういうことだ、そりゃあ?」

「男はバーテンかなんかでね。女はホステス。ふたりは同棲してたんだ。ところが、すっかり女に、下駄をあずけちゃって、自分はつとめもやめちまう。そのだらしなさに、女が愛想をつかしたってわけさ。ほかに男をつくって、それが大阪へいくってんで、いっしょに逃げる気になったんだな」

「男がそいつを、嗅ぎつけたってわけか」

「おかしいのは、そのへんでね。女が駆けおちするはずの第二の男、というのが、男に電話で教えてやったらしい」

「というと?」

「つまり、第二の男はだ。酒場のツケを、女に清算してもらった上に、ふたりぶんの旅費まであずかって、消えちまったのさ。だから、女がいらいらして待ってるところへ、男は駆けつけられたってわけだ。話の裏がわかってみると、どっちもだまされたんだからって、仲直りして帰ってくんだからな。おれたちは、いいつらの皮さ」

「その話、信用できるかな」

「念のために、アパートとつとめさきは、聞いといたよ。洗ってみますか？」

玉木は、手帳をひろげた。福本主任はうなずいてから、刑事のひとりに声をかけて、財田父子を、家までパトカーで送らせる手配をした。三人が出ていくと、玉木刑事は、デスクに身をのりだして、

「主任、どうして張りこみに、気づかれたんでしょう。すこし変だ、と思いませんか。野っ原とはちがうんです。われわれ人相の悪いのが、うろうろして目立った、とは考えられません」

「だれも、きみたちの手落ちだ、とはいってないよ」

福本主任は、ものうげに答えた。

「茜一郎という男は――知らせてきたのは、あの青年なんだがね。こういってた。待合室をはっきり指定してなかったのは、犯人《ほし》にいく気がなかったからじゃないか、というんだ」

「また、あいつだ」

玉木は、デスクを、平手でたたいた。

「まあ、聞きたまえ。つまり、われわれの張りこみを失敗におわらせて、財田さんの警察にたよる気もちを、たたきつぶそう、という手ではないか。こういうんだ。この考えには

一理ある」

「あいつに邪魔はさせません。今夜からまた、財田さんのとこへ泊りこみますよ、ぼくは」

「無理に、そうはできない。録音機を持ってかえってくれって、いわれたくらいだからね」

「あの名探偵きどりが、そういったんですか、畜生め」

「電話をかわって、じいさんから、はっきりいわれた。茜君が説得してくれたが、手に負えるもんじゃない。それだけ、あの青年の推察が事実になりかけているんだ」

「主任、財田さんの近所は、いちおう当ってみたわけですが――」

と、勿来部長刑事が口をはさんで、

「犯人《ほし》はやっぱり、あの家の動きを見張っていたんじゃないですかな。クリーニング屋とか、外交員とか、そんなものになりすまして」

「そういうことも、考えられるな」

「だとすると、われわれの車で、財田さんをここまで運んだのが、まずかったわけです」

「さもなきゃ、電車でいくなんて、しみったれたことをいうからいけないんだ。そこへまた、あのお節介が、犯人《ほし》はとちゅうで金だけ、奪いにかかるかもしれないなんて――」

あたりちらす玉木に、福本主任は、するどい目をそそいで、

「玉木君、ことばがすぎるぞ。もういい。われわれもひきあげよう。いつまでも、ここを拝借していては申訳ない」

荒垣刑事は、さっき玉木が、どこかへ見えなくなったのを、思いだした。ちょうどそれは、財田の家に犯人から、電話がかかってきたころにあたる。捜査本部へもどる車のなかで、思いきって当人に聞いてみると、玉木はけげんな顔になって、

「待合室のそとにいたさ。はじめっから、そういう段どりになってたじゃないか。時間が長びいたら、おれは外に出て、遠くから見張るって」

第八歩はポラロイド写真で

もうひとりの私は、やたらに私のことを、強情だ、ときめつけるけれど、どうやら、ふたりともおあいこらしい。だから、歩調をあわして——茜一郎なんて名前はつかわないが——すぐに話をすすめることにしよう。

その前に犯人がわから、ちょっと解説しておくと、水曜日の午後、お妙の書いた手紙を、千寿子のハンドバッグに入れて、財田の家のちかくまで持っていったのは、ブタだった。金曜日の午後五時五十分、財田の家に電話をかけたのは、大虎だった。粟野の部屋の靴箱の上にある電話機へ、大虎は受話器をおろすと、ひたいの汗を平手でぬぐいながら、

「大丈夫かな。ほんとに録音しなかったかね。おれ、なんだか心配だよ」

「びくびくするなって。お前の最初のひとことで、あの家の連中の警察をたよる気は、雲散霧消したはずだ。あしたになれば、どうなるかわからないにしても、いまの電話だけはオフ・レコードになってるよ。一万円、賭けてもいいぜ。こいつを燃しちまえば、お前の

喋ったことは、じじいのあたまのなかに、残っているだけさ」

　粟野はせりふを書いた紙きれを、左手でまるめながら、右手の鉛筆で相手の肩をたたいた。だが、大虎はまだ不安げに、靴箱の横についている小さなブザーをなでまわしながら、

「そうかなあ」

「そのボタンを、いじるなよ。乳首じゃないんだから、相手は興奮しないぜ。母屋でブザーが鳴るだけだ。電話を切りかえろって、合図なんだ」

　と、粟野は、大虎の手をおさえて、

「さあ、早いとこ、仕事をすましちまおう。桑山がくるまでに、片づけとかないと、文句をいわれるぞ。おれにばっかり、あたまをつかわせるなって」

「なにをするんだよ」

「お嬢さんの無事な証拠を、でっちあげるんだ」

　ベッドの上にあぐらをかいて、週刊誌を読んでいたお妙が、それを聞くと、

「そうら、あたしに番がまわってきた。ごろごろしてるの、もうあきあきさ。どこへいくの？」

　威勢よく雑誌をほうりだして、ベッドからとびおりた。だが、粟野は首をふって、

「お気の毒さま。出かけるわけじゃない。写真をとるだけだ。おれたちが背景をととのえ

てるあいだに、衣裳をつけてくれ」

「ちぇっ、めんどくさいな。写真なら、裸のほうがおもしろいわよ」

「おやじさんや、おばあさんを、気絶させるための写真じゃないぜ。そうだな。スリップだかなんだか知らないが、あのレースのついた黒いやつだけに、まけとくからさ。さあ、おとなしく着てくれよ」

「あれなら、とっくに着てるわよ。あたしがいただくことに、きめちゃったの」

お妙はさっさと、ジーパンをぬぎはじめた。

粟野は、大虎のあたまに手をかけて、ベッドのほうにむかせると、

「あの下に、古新聞が積んであるだろう。きみはあれを、こっちへ出してくれ」

「新聞なんか、どうするんだよ?」

「壁に貼るのさ。あんな花模様の壁紙は、目立ってしようがない。古風な西洋館づくりの家だってことが、ひと目でわかっちまう。おやじの話だと、門や窓格子にあわせて、特別にあつらえたもんだそうだ。まかり間ちがって、紙の模様から足でもついたら、目もあてられねえ。カミのお導きだって、警察《さつ》の連中は、よろこぶだろうけどな」

「なるほどね」

大虎は、くすっとも笑わない。よつんばいになって、ベッドの下へあたまをつっこんだ。

「すっかり怖気《おじけ》づいちゃったわね。そうやってても、岩屋へこもる大虎には、見えないわよ。殿様蛙の夜ばいってとこが、せいぜいね。そんなに怖い？」

お妙は、テーブルにお尻をのせた。長い足を派手にふって、ジーパンをぬぎとばしながら、からかうと、大虎は元気のない声で、

「怖がってるわけじゃ、ねえけどさ。小きんがあんなことになっちまったし、そこへ持ってきてよ。きのうはブタだ。出かけたっきり、こいつがまた帰ってこねえ。だから――」

「だから、桑山がさがしにいったんじゃないか。小きんが交通事故でくたばったことを、ブタは知らないんだ。片足かついで出かけたとたん、臆病風に吹きとばされたんだろう。佐渡島のおばさんのとこへでも、逃げたんならいいが……」

「おれは初耳だぜ、粟野さん。あいつ、そんなところに、おばさんを持ってるなんて」

「もののたとえさ。気に入らなきゃあ、北海道のおじさんでも、ロサンゼルスの兄きでも、いいんだ。逃げたら逃げたで、かまわないんだが、あの馬鹿、警察《さつ》へたれこめば、自分だけは助けてもらえるんじゃないかなんて、甘っちょろい考えを起したりすると、困るからな」

「あんまり利口なほうじゃないけどよ。まさか、おれたちを売るようなことはしないだろうぜ。おやじが、きびしいからね。義理には、つよいほうだ」

「じゃあ、逃げたんだ。新聞だしたら、この画鋲で壁へとめてくれ。ここまでくりゃあ、ブタなんかいなくてもいい。お妙を入れて、四人だからな。あたま割りにしても、五百万の金が、あさってには握れるんだぜ」

「あたい、そんな欲ばりじゃないからね。二百万もらえばいいよ。二百万もらったら、かわいい男の子をさがして、旅行するの。しまいに、九州の阿蘇山へいって、なにすると思う？　男の子とだきあって、噴火口へとびこむんだ。ロマンチックでチクチクするじゃない？　どうせ生きてたって、そのうちに戦争が起って、みな殺しにされちゃうんだものね」

お妙はスリップ一枚で、テーブルからすべりおりた。ふくらんだ胸のあたりを、もそもそ片手でかきながら、

「おやじも、おふくろも、この前の戦争で、あっさり死んじゃったんだよ。お風呂へ入らないから、からだじゅう、かゆくってしようがないや。だれか背中かいてくれないかな。大虎さん、元気だしなよ」

「だしてるよ。六百万ときちゃあ、ださないわけに、いかねえじゃねえか」

「そうは見えないね。あんた、ばくちしたことないんでしょう。あたしは、大きなばくちを打ってるつもりなのよ。オール・オワ・ナッシング。やりそこなったら、モンキーハウ

スへ入りゃいいのさ。あすこのご飯は、無料《ただ》だっていうじゃない？」

大虎といっしょに、粟野はベッドへあがっていた。花模様の壁紙を、せっせと古新聞でおおいかくしながら、ふりかえって、

「そうだな。きみたちは、ただめしが食えるだろう。おれと桑山は、いかさない首飾りをしてもらって、ぶらさがらなきゃならないんだ。だから、まかり間ちがわないように、一所懸命になってるのさ」

「わかったよ。もっと貼らなきゃいけないのかい。画鋲が、もうないぜ」

大虎は、小さなブリキの罐を床へ投げだして、ベッドからおりた。

「いいだろう。妙ちゃん、そこへあがってくれ」

粟野は、部屋の反対がわに歩みよると、すみの三角戸棚から、ポラロイド・ランド・カメラをとりだした。

「こんな明るさで、撮れるの？」

お妙はベッドにあがって、窓のそとを見ながら、聞いた。庭はまだ明るいが、西日はだいぶ弱まった。室内をふりかえると、戸口のあたりには、うす暗い隈ができかけている。

粟野はカメラをテーブルにおいて、ベッドのあたまに手をのばした。手すりに電気スタンドが、とりつけてある。台のかわりに、大きなクリップのついたフレキシブル・スタンド

だ。そいつをはずすと、クリップをいっぱいにひらいて、窓がまちの出っぱりをくわえさせた。

「これで、早いとこ片づければ、なんとかなるだろうよ。しくじったら、あした決死の覚悟で、早起きするさ」

栗野は、外科医が手術のときにつかうような、うすいゴムの手袋をはめながら、大虎をふりかえって、

「もう夕刊がきてるはずだ。大急ぎで、とってきてくれ」

「おいきた」

大虎は、裏門へ出ていった。社会面をひろげながら、もどってきて、

「きょうも、なんにも出てないぜ」

「事件が事件だからな。そう毎朝毎晩、書きたてやしないよ。あしたの朝刊は、にぎやかだろうがね。これでいいとするか。妙ちゃん、痛かあないだろう?」

栗野がベッドから離れると、お妙はうなずいてみせた。唇のあいだに、黒っぽいナイロン・ストッキングのよじったのを嚙ませられて、あたまのうしろで結ばれている。だから、口をきくことが、できないのだ。おまけに、両手を背中にまわして、胸のところと足首を、ロープで縛りあげられている。

「おれのいってるのはよ。あんたや桑山さんが、始末した仏のことさ。もうそろそろ、発見されてもいいころじゃねえかな」

大虎は、夕刊をさしだした。粟野はゴム手袋の手で、大きなポラロイド・ランド・カメラをかまえながら、

「そいつは、お前がもって、お妙の胸んとこへかざしてくれないか。そうじゃない。その毎朝新聞って字を、おもてにだすんだよ。もうちょい、さげて。日づけが見えなくちゃ、意味ないからな。それじゃ、お前の顔が写っちまうぜ。よし。それでいい」

シャッターを切ると、粟野は、腕時計の秒針を見つめながら、

「いまの話だがな、大虎。おれたちは、慎重すぎたのかもしれないよ。小きんがどう始末したのか、見当もつかないが、桑山は川崎のはずれまで、出かけていったそうだ。切通しの下をとおるトラックの荷台に、ほうりこんだって話だがね。長距離トラックだったとすると――」

「いまごろ、どこかの倉庫のなかかな」

「さもなきゃ、山道で揺れたはずみに、荷台からとびだしたんだ。崖にはねかえされて、太平洋の底でさ。いまごろ、魚の新婚さんがベッドにつかってるかもしれない」

粟野は、カメラの下からリード・ペイパーをひきぬいて、裏蓋をあけた。大虎がよって

きて、手をだした。

「おれにも、見せてくれよ。うまく撮れたかな」

「さわると死ぬぞ。おれが手袋してるの、見えないのか。なんどいったら、わかるんだろうね。わすれたころに発病して、命とりになる伝染病なんだ、指紋てのは」

写真はまだ、ぎらぎらして、さわったら剝げおちそうだ。その表面を、やわらかいクレヨンみたいな定着剤で、注意ぶかくこすりながら、粟野はもとへ話題をもどした。

「おれの受けもちの両腕は、下水工事をしてるとこがあったんでね。穴んなかへほうりこんでおいた。のぞいたとたんに、見つかったんじゃ曲がない、と思ってよ。山になった泥をくずして、かけといたんだが、あれ、ことによると、埋めるばかりになってた穴かもしれない」

「心配しなくても、またすぐ掘りかえすさ。こんどはガス管工事かなんかで」

「きょう、あしたには間にあわないよ。だからな。お前がいくときは、あんまり考えずにやれ。もうアイスクリームのボックスが、菓子屋の前へではじめたぜ。あんなかへでも、つっこむんだな。すぐ見つかること、うけあいだ」

「おれはいつ、棄てにいくんだ?」

「あした、いってもらうよ。妙ちゃん、もう一枚」

粟野は、蛇腹《じゃばら》をのばして、カメラを両手にかまえた。大虎は新聞をさしだしながら、窓の下の風呂敷づつみに目をやって、

「そばへいくと、ぷんとくるような気がするんだがな。大丈夫なのかい？」

「防腐剤のにおいだろう。桑山の話じゃあ、十日ちかく持つそうだ。まだ五日しかたってやしない。安心しろよ。そっちもいいぜ。お妙ちゃん」

粟野は、騎士が兜《かぶと》をかかえるようにカメラをだいて、腕時計を見た。

モデルの足に手をのばして、大虎がいった。

「ご苦労さま。ほどいてやろうか」

お妙は首をふって、胸をそらした。黒いヴェールをかぶった乳房が、ぐっと盛りあがったかと思うと、胸のロープは他愛なく、はねとんだ。大虎は目をまるくしたが、なんのことはない。うしろにまわした両手で、にぎっていたロープのはしを、威勢よく離しただけのことだ。さるぐつわと足のいましめをといて、お妙はベッドからとびおりると、

「あたしの表情、迫真だったでしょう」

「ドラキュラ伯爵になったような気がしたよ、おれは」

二枚の写真をぶらさげて乾かしながら、粟野が答えた。

「あんまり、恐怖のまなこを見ひらいてたもんでさ。おでこが変になっちゃった。皺がふ

えたんじゃないかな」

　戸口のわきに流しがあって、壁に鏡がかかっている。お妙が、その前に立ったときだ。靴箱の上で、電話が鳴った。肩までむきだしの白い腕が、受話器をとりあげる。

「もしもし、ああ、イッちゃんね。そう、あたし、千寿子——ふん、お妙じゃないわ。だって、いままで縛られてたんだもの……写真とったのよ。まだこっちへ来られないの？」

　それからあとは、鼻で返事をしながら、スリップのストラップが、肩のまるみをすべり落ちるのを、なんども直していた。大虎は声をひそめて、粟野に聞いた。

「イッちゃんて、だれのことだ？」

「桑山にきまってるじゃないか。なぜ、イッちゃんなのかは、お妙に聞いてみな。お前、あの子に色気があるらしいが、ひっこめといたほうがいいぞ」

「ちぇっ、出来てんのか、もう」

「あの子を、呼んできたときからだろうな。あたまも早いが、手も早いってやつさ。ああいう気まぐれな女に、ひと役もたせるには、そうするのがいちばんなんだ、なんて弁解めいたことを、いってたがね」

「そりゃ、そうだ。おれにも経験があるが……」

　いいかけたとき、受話器をおく音がした。大虎は話題をかえて、お妙をむかえた。

「桑山さん、イッちゃんっていうのかい」

「そうよ。知らなかった？　桑山功だから、イッちゃん。いい名前でしょ」

「恐れいりました。それだけで満腹で、あとはもういただけないよ」

大虎がひきさがると、粟野が口をだした。

「こっちへくるのか、桑山は？」

「こられないかもしれないって。ちょっと様子が変ってきたらしいの」

「なにか、まずいことでもあったのかな」

「そんなに心配してもいなかったけれど、錦糸町のガン・ルームでさ。あんたがたが、千寿子をからかったでしょう。あれをね。両替所の女の子が、おぼえてたんですってさ。あんたたちのことも」

「畜生、顔でツイスト踊ってるみたいなスベタのくせに」

大虎が、拳骨をふりまわした。

「ばらすか、兄き」

「いまさら出かけてっても、こっちの損になるだけだ。あのへんに、知ってるやつはいないんだろう？　大丈夫さ」

「それでね。四課が協力して、洗ってるらしいのよ。桑山さんがブタのこと、聞いてあるいてたら、刑事《でか》があのへんも、しらべてるんですって。だから、そのガン・ルームの女が、見かけない顔だっていったもんでさ。ほかの土地まで手をひろげて、洗ってるんじゃないかって……」

「とすると、もう住居《やさ》に顔を見せには、お前、いかないほうがいいぞ、大虎」

「どうすればいいんだよ、おれは」

両手をにぎりしめて、大虎は口もとをこわばらせた。

「きまってるじゃないか。ここにいれば、いいんだ。あと二日の辛抱で、二千万の金がつかめるんだ。住居《やさ》においてあるものなんかに、未練はないだろ」

「ないさ。けどもよ。つかんだあとが、気になるんだ。最初の話じゃ、高飛びしなくてもすむっていうから……」

「苦労性だなあ。義経の生れかわりじゃないのか、お前は」

「だって、逃げるってのは、名のりをあげるようなもんだろう。いくら金をつかんだって、つかうこともできないし……」

「逃げなくたって、金は自由につかえないぞ。すぐ目をつけられる。お前のことは、おれが考えてやってるよ。金が入って二、三日たったら、おれの名で飛行機を予約して、兄きのところへいくんだ」

「あんたの兄さんか。おれ、顔も知らねえんだぜ」

「しまいまで、聞けよ。おれもいっしょにいくのさ。でたらめの名を、つかってな。お前を兄きの会社に、つとめさせてやる。九州か四国あたりの出張所にいれば、ぜったい安全だ。身もとはおれが、こしらえてやる。大虎なんてやつは、殺しちまえばいいのさ」

「すまねえな、粟野さん。安心したよ。でも……」

「まだなにか、心配のたねがあるのか」

「あれは——どうしよう?」

大虎は、窓の下の風呂敷づつみを、ゆびさした。その腕を、粟野はたたいて、笑いながら、

「あんなもの、庭へ埋めちまえばいいさ。夜がふけたら、手つだってやるよ」


大虎のあくる朝の寝ざめは、よかったものか、悪かったものか、それはわからないが、福本主任はじめ担当刑事たちの寝ざめは、よくなかったにちがいない。その証拠には、あくる日、捜査本部にそろった顔は、いずれも腫《は》れぼったくなっていた。

「きょうじゅうに、二回めの連絡を、犯人《ほし》がしてくるってことは、はっきりしている。それなのに、どうにもできない。これは、いかにも残念ですな」

教科書でも読んでるみたいに、噛みしめた口調で、勿来刑事部長がいった。福本主任は、顎の肉をひっぱりながら、ゆるやかにうなずいて、

「たしかに残念だが、事件《やま》が事件《やま》だけに、家族の気もちは尊重しなければな」

「こうなったら、まわりから攻めていくより、しかたがありませんね。例の錦糸町で浮かんだ四人組は、どうなりました？」

と、荒垣刑事が聞いた。福本は机の上の書類をめくって、

「土地のやくざじゃないらしいな。四課の力を借りて、手をひろげてみたところでは、いままでにふた組、ちょっとにおいそうなのが、浮かんできてる。玉ちゃんは、もう知ってるな？　ひと組は、浅草の愚連隊で、おあつらえむきに四人なんだがね。仲間の話では、なにか景気のいいことがあって、ズベ公をふたりひっぱって、日光へ遊山にいった、というんだが、この五、六日、土地にいないことは、たしかだ」

「もうひと組は？」

「新宿へんで、うろうろしてる連中なんだがね。ええっと、小きんにブタ、それから大虎。あだ名だな。いつも三人でつながってるのに、このごろ顔を見せないことがある、というんだ。ことに、おとといからは、ゆくえが知れない」

「おとといまでは、住居《やさ》にも帰ってた、というんですか？」

「そうなんだ。浅草の四人は、みんな前科《まえ》のある札つきだから、きょう、ガン・ルームの女の子に、写真を見てもらうことになってる。新宿のほうの三人は、大したやつらじゃないらしいな。小きんというのにだけ、けちな前科《まえ》があって――」

「たかりかなにか？」

「傷害は傷害なんだがね。ストリップ小屋のかぶりつきから、おもちゃの拳銃で――ひものついたコルクを、射つやつがあるね。あのコルクのさきに針を植えたもので、踊り子のバタフライを射ったんだが、狙いがそれて、踊り子の鼻にあたった」

「そりゃあまた、狙いがそれすぎたもんですな」

と、勿来がいった。朝からはじめて、みんなの口もとに、かすかな笑い声が起った。

「仲間と賭をして、バタフライを外してみせるつもりだった、というんだが、踊り子の鼻は一夜にして腫れあがって、白野弁十郎のようになったそうだ」

新国劇ファンの福本主任は、ちょっと微笑してから、まじめな顔にもどって、

「つかまるとき、小屋の男にも傷を負わせている。そういう前科《まえ》があったために、わかったんだが、この小きんという男はね。火曜日に、交通事故で死んでるんだ、浅草で」

「ほんとの事故なんですか」

と、荒垣が聞いた。

「自分で、車道にとびだしたんだから、事故だろうな。目撃者もある。四人組の線は、いまのところ、こんな程度だ。千寿子さんの交友関係からも、目新しいことは出てきてない」

「これは、やはり財田さんの家のまわりに、張りこむべきじゃありませんか」

と、玉木刑事が机にのしかかって、

「犯人《ほし》はいまのところ、自分の穴のなかにとじこもってる。穴のありかがわからない以上、出てきたところへ、食いさがるより方法はありません。こないだみたいに、近所までできて、子どもをつかいに立ててるかもしれないでしょう、きょうだって」

「それはどうかな。いままでは、おなじ手をぜんぜん、くりかえしていないんだから」

と、荒垣が口をはさんだ。

「それにしても、ですよ。犯人がなにをいい、財田さんがどう反応するか。それがわからなかったら、手も足もでないんだ。こういう悪がしこい相手ですからね。身代金をはらったからって、娘さんを生かして返すかどうか、信用できたもんじゃない。そうなったら、おしまいです。われわれの面目は、まるつぶれじゃありませんか」

みんなの顔が、重くうなずいた。玉木はつづける。

「そういう大事なとき、われわれは閉めだされて、赤西なんてしろうとが、地の利をしめてる。個人的感情かもしれません。先入観かもしれませんが、ぼくはくやしいんです。赤西一郎太だなんて、間のぬけた名前のくせに」

「そんなことをいって、いいのかね。きみの名前も、一郎太じゃなかったかな」

むきな気持ちをほぐしてやろうと、微笑しながら、福本はいった。だが、玉木刑事は、憤然として、

「ぼくは一太郎です、一郎太のほうは、家が遠いからでしょうが、この二、三日、渋谷の旅館に泊りこんで、こっちへ通ってるようです。ゆうべ、例のフォルクスワーゲンを、旅館の前で偶然に見かけたおかげで、わかったんですが、そのとき、やつは旅館にいませんでした。女中の話では、夜中に帰ってくることもあるそうです」

「私立探偵としての独立をめざして、夢中になってるらしいな」

と、勿来がいった。玉木はますます手きびしく、

「目的は宣伝ですよ。われわれも、記者《ぶんや》さんも、相手にしないもんだから、躍起になってるんでしょう」

「まあ、あの青年のことはともかくとして、玉木君の意見はもっともだな」

福本主任は、たるんだ顎の重さを、はかるような手つきをしながら、

「財田さんを刺激しないように、じゅうぶん気をつけて、張りこむことにしよう。勿来君、

きみが指揮をとってくれ。玉木君と、荒垣君と、もうひとりぐらいは必要かな」

勿来や荒垣が、立ちあがろうとしたときだ。福本の前の電話が鳴った。受話器をとりあげて、相づちをうっているうちに、福本のたるんだ顎が、ひきしまってきた。電話を切ると、がぜん早口になって、

「四人組について、新しいねたが入った。浅草の四人は、仲間がいってた通り、日光にいた。警察の留置場にいるんだから、間ちがいない。豪遊のあげく、金がなくなって、つれてった女を餌に、つつもたせをやったらしいよ。したがって、きのう、この線を担当したものは、ブタと大虎に集中して、洗いだしをつづけてくれ」

「猛獣狩にいった気で、張りきりますよ」

だれかの返事に、笑いが起って、捜査本部の空気は、いくらか軽くなった。

荒垣たちは、財田の家からは、やや離れているが、門を見とおせるところに陣どった。電話の地下ケーブルのためのマンホールを、利用することにしたのだ。電電公社から借りたキャンバスの囲いを立てて、蓋をとったマンホールのへりに、電話工夫がふたり腰をおろしている。そのひとりの荒垣が、竪穴《たてあな》の中にからみあっている太い電話線を見おろしながら、つぶやいた。

「アメリカの警察みたいに、おれたちにも電話の盗聴が許可されてると、楽なんだがな」

「まったくだ。犯人《ほし》から電話があっても、おれたちには聞けない。赤西のやつは聞いてやがる、と思うとね」

「トサカにきちゃう、というやつか。きみはよっぽど、あいつが気にくわないらしいな」

「そんな気分的なもんじゃない。やつを疑ってるんだ」

　と、玉木は断定した。

「証拠があるわけじゃないんだろう？」

「しかし、怪しいふしはやたらにある。たとえばだ。あんなに強引に、どこへでも鼻をつっこんでくるやつが、東京駅へはどうしてついてこなかったんだろう。おれたちは、立入禁止にしたわけじゃないんだからな」

「そりゃあ、あとでいってたじゃないか。犯人《ほし》は最初から、あらわれる気がなかったんだ、というあの推理は、主任もいう通り、なかなか筋のとおったもんだよ」

「あとからなら、どんな理屈だってつけられるさ。電話を録音させないために、やつは残っていたんだよ。あのときだけ、しろうと探偵の熱心さが弱まったのを、どう説明するね？」

「いくら熱心だって、財田さんの心証を害してまで、無理じいはできないさ。そういう立場は、おれたちとおんなじだよ。ことに相手は、あの矍鑠《かくしゃく》閣下だ。きみだって、良移心当流で、ぶっとばされたくはないだろう」

「まだあるよ。旅館に泊りこんでるのは、活動の便利のためだとしてもだ。車をおいて出あるいているんじゃ、なんにもならない。おかしい、と思わないか」

「出かけるさきによっちゃあ、車はかえって足手まといになるのが、いまの東京だぜ。そんなことまで疑ってたら、きりがないよ」

「それじゃ、方向をかえよう。さっきの話のブタと大虎ってやつ。あのふたりとも、四課の協力がはじまったとたん、行方をくらました。変じゃないかな」

「あのふたりを、犯人《ほし》の一味ときめこむのは、気が早いな」

「まあ、いいよ。きみはあいつに好意をもってるらしいからな。さっきから、聞きたい、と思ってたんだ。ガン・ルームの女の子から、聞きこみがあったことを、赤西に教えてやりゃしなかったか?」

荒垣は答えない。財田の家の門を、じっと見つめている。玉木はくりかえした。

「教えてやったんじゃないのか」

「どうしても答えなきゃならないのなら、おれにも聞きたいことがある」

「それじゃ、教えてやったんだな」

「きのう、東京駅からの帰りに、ぼくが聞いたろう、きみが待合室から出てったわけを。

はじめから、そうきめてあったじゃないか、ときみはいったな」

「ああ、そうだったから、そう答えたさ」

「しかし、考えてみるとだな。打ちあわせのときに、そうきまったのは、きみがいいだしたからだ。おれは、あとになって、思いだしたんだがね」

「それが、どうしたっていうんだ」

「財田さんの家に、犯人から電話があったのは、五時五十分だ。きみが待合室にいなかった時間も、五時五十分前後だ」

「なにをいうんだ、荒ちゃん。きみは、きみは、お、お、おれを疑ってるのか」

玉木は、吶りながら、身をのりだした。とたんに、尻の下が空間になった。玉木はマンホールへ落ちこんだ。その腕をつかんで、ひきあげてやりながら、荒垣はいった。

「きみが、赤西のやることを、なにからなにまで悪く解釈するからさ。そうする気なら、だれのやることにだって、難癖はつけられる。その見本を、ご覧に入れただけだよ」

ひっぱりあげられた玉木は、なにもいわずに荒垣の肘をこづいた。ふりかえってみると、男がひとり、財田の家へ入ろうとしている。

「権田保だよ、渋谷の財田事務所の。事件が起ってから、事務所は、やつひとりが留守番をしてるんだ」

「犯人《ほし》のやつ、こんどは事務所のほうへ、連絡してきやがったかな」

ふたりの電話工夫は、ささやきあった。権田保は十分ばかりで、門から出てきた。さらに小一時間すると、赤西一郎太が、ひょこひょこと出てきて、あたりを見まわした。電話工夫たちは、あわててキャンバスの囲いへ、あたまをうずめた。顔をあげてみると、赤西はもういない。バス通りへでる露地へ、入っていったのだろう。玉木刑事は、囲いからとびだした。呼びとめようとして、荒垣はあとを追った。露地をのぞいてみると、むこうのはじで玉木がやっぱり、通りをのぞいている。荒垣は近よってから、小声でいった。

「どうする気なんだ？」

「つける気さ。やつはいま、電話ボックスから、電話をかけてる。おかしいじゃないか。電話なら、財田さんの家にあるのに。だんぜん、おれはつける」

「その恰好でか、電話工夫の」

「かまうもんか。主任に報告しといてくれ。やつがボックスからでた」

玉木は、露地をとびだしていった。荒垣は、舌うちをして見おくってから、いましがたまで、赤西がこもっていた赤い屋根のボックスへ、近づいていった。

「こちら、捜査本部」

「主任ですね。荒垣です。権田保がやってきましてね。しばらくしたら、赤西が出てきました。どうしてもつける、といって、玉ちゃんが追ってったんですが、なにしろ、わざわざ外へ出てから、ボックスの公衆電話をつかったりしたもんで……」

「財田さんの家からは、かけられない電話だってあるさ。たとえば、目下の状況では、わたしのところへかけるんだって、そうだろう」

「はあ？」

「赤西君はわたしのところへ、電話をかけてきたんだよ。きみがあんまり早口だから、いう間がなかったんだが、張りこみは中止だ。犯人《ほし》は渋谷の事務所へ、お嬢さんの写真と手紙を、とどけてきた」

「権田はやっぱり、そいつを持ってきたんですね」

「徳右衛門さんに内緒で、赤西君は写真を見せにきてくれるんだ。きみたちもすぐ、ひきあげてきたまえ」

福本主任は電話を切ると、特別料理がテーブルにならぶのを、待ちかねている紳士のように、大袈裟な手つきで、タバコに火をつけた。

三十分ちかく待たせて、赤西一郎太は、玉川署の捜査本部へやってきた。お兼ばあさんの表現にしたがえば、玉木一太郎には、フランケンシュタインみたいに見えたにちがいない顔が、福本主任には、グレゴリイ・ペックのようにたのもしく見えた。はちきれそうなからだを、惜しげもなく動かして、主任はみずから赤西に椅子をすすめた。

「わざわざ、ご苦労でした。財田さんのほうは、大丈夫ですか」

「お兼さんを納得させてきましたから、あとはごまかしてくれるでしょう。ぼく、時間の余裕があまりないんで、手短にいいますとね。犯人は写真を三枚、手紙といっしょに封筒へ入れて、とどけてきたんです」

「いつごろです？」

「ビルの入口に、郵便受がならんでるそうです。そこへ投げこんであったんで、時間はわかりません。権田は午前十一時半と、午後三時に見にいくんです。一回めのときは、入ってなかったそうですよ」

「なるほど、そのあいだ三時間ばかりのうちに、投げこんでったわけですな」

「手紙は持ってこられなかったんですが、例によって、千寿子さんに書かせたものでした。要点だけは、おぼえてきましたから、書きとってください。金の用意はできていると思うが、きょうは土曜日だから、無理はいわない。きのうの一千万円だけでもいいから、あす午後五時半に、わたしてもらおう」

「きのうとおなじ時間か。夕方の好きな犯人《ほし》だな」

「場所は、小田急線の熊江駅でおりて、線路ぞいに和泉多摩川駅へむかう。最初の踏切をわたって、南にすすむと神社がある。うしろの崖をくだると、ひろい空地がある。そのまんなかで、五時半に待っていろ。あとは例によって、おどし文句でした」

「小田急線の熊江ね。成城学園のふたつさきですな。神社に、崖に、空地か。さびしいところらしいね。こんどは、本気かもしれない」

「ああ、そうだ。車できてはいけない。駅から歩いてこいって、財田さんにはいわずもがなの注意が、添えてありましたよ。こんどは、出てくるつもりかもしれません。でも、主任さん、うのみにするのも、危険じゃないですか」

「どうして？」

「いかにも、ほんとらしく見せかけて、どたん場でひっくり返すってことも、考えられます。ぼくが主任さんだったら、指定の場所へ張りこむことはもちろんですが、予備隊も用意しますね」

「なぜだね？」

「とにかく、最後のチャンスです。犯人は金をとっても、千寿子さんを返すかどうか、怪しいもんですからね。財田さんとこじゃあ、ぼく、曖気《おくび》にもだしてませんが、最初から、それを心配してるんですよ」

「たしかに、杞憂とはいえないことだ」

福本主任は、鉛筆のしりで顎に凹みをこしらえながら、ため息をついた。

「ですから、翻弄されるのは覚悟の上で、張りこまなきゃいけない。同時に予備隊を、財田さんの近所に張りこませておきますね、ぼくだったら——そんなことは常識だって、福本さんに笑われるかも知れないけど」

「いや、笑やしないよ。筋のとおった意見には、われわれもよろこんで、耳をかたむける。それで、写真は？」

「二枚だけ、持ちだしました。ただし、指紋は無理ですよ。権田のやつ、封を切ってみてから、あわてて電話してきたもんで——やつの指紋に、財田三代、兼子刀自《とじ》、べたべたです。あきらめて、ぼくのも、おまけにつけときました」

一郎太は、膝においた上衣のポケットから、写真を二枚ひっぱりだすと、ぎざぎざのある三角形の余白を福本にむけて、机の上にすべらせた。

「気にすることはないよ。どうせ、しらべられる状態になってたところで、出てくるのは、こないだの手紙とおなじだ。千寿子さんの指紋だけだろうからな。なるほど、これか。妙な写真じゃないか」

「ポラロイド・ランド・カメラで撮ったものですよ。一分間カメラなんていって、写すとすぐ写真になって出てくるやつ。前に写ってる新聞を、見てください」

「ふん、日づけが読めるね。毎朝新聞のきのうの夕刊か」

「残してきた一枚には、けさの朝刊が写ってました。よく撮れてるんで、おばあさんが渡してくれないんです。光線のぐあいが明るいだけで、構図はおなじですよ。拡大鏡でしらべてみましたが、合成写真じゃありません。すくなくとも、千寿子さんがけさまで生きてた証拠には、たしかになりますね」

「うしろの壁も、新聞で貼ってあるじゃないか。どういう場所だろうな、これは」

「レンズで見ると、その新聞は画鋲でとめてあるようです。ちょっと、ここを見てください」

　一郎太は、ロープが白い二の腕へ、痛いたしく食いこんでいるあたりに、指をおいた。

「影がうつってるんだな。妙なかたちだね。なんだろう？　こっちにもある」

「残してきた一枚には、これがないんです。こっちの二枚は、ゆうべ、ライトをこっちからあてて、撮ったんですよ。ぼくはこの影、ヘッドボードっていうんですか、ベッドの前とうしろに、衝立《ついたて》みたいなのがついてますね。あれが板じゃなくって、鉄の格子になってるやつ、あるでしょう。その影じゃないか、と思うんですが」

「そうかな？」

「このお尻に敷いてるの、シーツじゃないですかね。どうも、これ、ベッドの上みたいな気がするんです」

「ヘッドボードの影にしちゃ、曲りくねってるな」

「ですから、クラシック・スタイルの上等なベッドで、鉄格子が、模様に組んであるんじゃないか、と思うんですよ。だとすれば、壁に新聞を貼りつけたわけも、わかるような気がするんですけどね」

「というと？」

福本は顎の肉を、赤くなるほどひっぱりながら、のりだしてきた。

「そんなベッドのある部屋だから、壁にも壁紙が、貼ってあるんじゃないでしょうか。それも、そこらの経師屋じゃ、おいそれとは間にあわないような、古新聞でかくす必要を感じるような、特別製の壁紙が」

「さもなければ、壁の塗りかたか、材質かも知れないな」

「もちろん、壁紙とはかぎりませんよ。どっちにしても洋風の部屋で、壁になにか特色があるんですよ、きっと」

「断定してしまうのは危険だが、推理としては悪くない。室内装飾屋と経師屋を、片っぱし、あたってみたくなるよ。ただ残念ながら、あしたの間にはあわないな。いい意見を聞かしてもらって、たいへん参考になった」

福本主任は、アドバルーンが浮揚しはじめるように、立ちあがって、

「きみの協力は、きっと総監賞ものですよ、赤西君。ありがとう。ありがとう」

「主任さん、その写真、一枚だけ貸してもらえませんか、ぼくに。ぜったい新聞や、週刊誌に売りこんだりはしませんよ。ぼくもしらべてみたいんです、もっと」

一郎太は、おそるおそる手をだした。だが、セミヌードの虜囚を、それぞれのせた二枚の魔法の絨緞《じゅうたん》は、たちまち宙に舞いあがって、福本主任の内ポケットに、吸いこまれてしまった。

「見て見ぬふりで、持っていかせたいところだが、きみ自身のためだ。実際行動には、危険がともなう。われわれに、まかしてください」

「それじゃ、情報におまけをつけましょう。あした指定の場所には、徳右衛門翁みずから、出馬するらしいんです。手紙をふところに入れちゃって、だれがなんといっても、受けつけない。しかも、きのうきょうの口ぶりから察するに、ひょっとするとですよ。金をもたずに、出かける気じゃないか、と思うんです。情報としてはあやふやですが、これをサービスしても、貸してもらえませんか」

「わたしは、取引してるんじゃない。きみのためを思って、いっているんだ。きみが警察官なら、大いに信頼抜擢して、第一線にもとびだしてもらうがね。つまり、きみに犯罪捜

査の才能があることは、みとめているんです」

　福本は笑顔で、机をまわってきて、青年の肩をたたいた。靴のさきから、上衣の襟まで、相手を見あげていって、一郎太は答えた。

「警察官になる気は、ありませんよ。靴も、洋服も、ぼく、ひとの二倍は長持ちさせたいほうですから」

第九歩は長曾禰虎徹で

赤西一郎太ではなく、茜一郎であることだけを強調して、日曜日の話に入ろう。茜の運転するフォルクスワーゲンが、財田の家の前にとまったのは、その日の午後三時だった。一週間つづいた上天気が、けさから崩れはじめて、空には錐《きり》でついたほどの日ざしもない。スレートいろの重そうな雲は、大空いっぱい、ぎっしり塡《うま》って、身動きできないようだった。影もなければ、ひと気もとぼしい通りには、しめっぽい風ばかりが、自由に走りまわっている。

だが、ぜんぜん、ひとのすがたが見あたらないわけでもない。車のドアに鍵をかけながら、一郎が見まわすと、電話工夫がきょうは電柱の上で働いていた。遠くの角では、保険の勧誘員らしいのが、かばんをさげて、番地案内のブリキ板をしきりにながめている。ブリキを剝《はが》したら、盗まれた泰西名画が出てくるんじゃないか、と疑っているのかもしれない。一郎が門内に入れば、ひと気はさらにますことだろう。

家のなかでは、財田徳右衛門が、出かける支度を、ととのえおわったところだった。さすがに、きょうは稽古着ではない。質素ながらも羽織袴、この一族にはふさわしい、打出の小槌の五つ紋すがたで、金庫の前にきちんとすわって、わかれの水盃《みずさかずき》がすんだところらしい。米寿を超えた老人とは、とうてい聞えない声で、

「万が一、わしが帰らぬことはあっても、千寿子が帰らぬことはないからな。安心して、待っていなさい」

いいはなつと、右手にかばん、左手に布の袋に入った細長いものをつかんで、立ちあがった。袋の中身は、めざすところが多摩川の近くとはいっても、まさか釣竿であろうはずはない。近藤勇の愛剣とおなじ長曾禰《ながそね》虎徹《こてつ》の一刀が、おさまっているのだ。

敷居ぎわにすわっている一郎の前で、老人は立ちどまった。

「あんたにも、心配をかけたな。だが、それも、きょうでしまいになる。嫁が心細がるだろうから、曾孫がもどるまで、いてやってください」

「かしこまりました」

「わしも無事にもどれたら、あの盃に――」

と、金庫の前をふりかえって、

「水ではなくて、酒をついで、あんたにも飲んでいただく。この前、酒を飲んだのは、そ

ういえば、曾孫が生れたときだったな。では、あとをたのみます」

「ご無事で」

一郎はあたまをさげた。徳右衛門は、すりへった下駄をはいて、玄関へおりると、はじめてふりかえった。徳造と徳太郎が前に、お兼と一郎と女中がうしろに、五つならんだ式台の顔を、しばらく見つめてから、波紋のように、口もとの皺を笑いでひろげて、

「運つたなく相討ちになっても、死体を大学病院へ売ることもできぬような、ぶざまな討たれかたはせんつもりだ。羽織も汚れぬところに、石でも載せてぬいでおく」

一族は無言で、あたまをさげた。玄関がしまって、下駄の音が遠ざかると、一郎は小声で、お兼にいった。

「まだ時間が、早すぎやしませんか」

「早くいって、地の理をきわめておくんだそうですよ。万事、おじいさんの思いどおり、ことが運べば、よござんすがねえ」

おばあさんは、帯のようなため息をついた。

家族が電話のある座敷にもどって、黙然とすわると、しばらくして一郎がいった。

「無作法で申訳ありませんが、横にならしていただけませんか。実はゆうべ、ほとんど寝ていないんです。ひと晩じゅう、手がかりをそれからそれへ、追っかけていたもんで」

に」


「道理で、顔いろがすぐれない、と思いましたよ。奥へ床を、とってあげましょう」

お兼が立ちあがろうとするのを、一郎はおしとどめて、

「お邪魔でも、ここで横になっていたいんですよ。電話があったら、すぐ起きられるように」

「そりゃあ、かまいませんが、だれかから、あんたに電話がかかってくるんですか」

と、徳太郎が聞いた。

「ぼくへじゃなくて、あなたがたへですよ。犯人から、もう一度、電話があるはずなんですがね――おことばに甘えて失礼します」

うすい座蒲団を枕に、一郎がからだをのばす。その顔を、徳造は首をかたむけて見すえながら、

「ほんとうですか、茜さん。どうして、そんなことがわかるんです？　あんた、易でも立てるのかね」

「説明すると長くなりますが、科学的――心理学的に、といったほうがいいかな。計算すると、そうなるんです。つまり、いままでの行動をデータにして、モンタージュ写真をつくるみたいにですね。犯人の性質を、複製するんです。その上で、ぼくがこういう性格の犯人だったら、と考えてみる。この次は、どういう出かたをするだろう。ぼくなら、きっ

とこうするな、というぐあいですよ。いままでに、ぼくの考えと犯人の出かたは、二回も符合した。だから、こんどもあたるだろう、と思うんです。いまのところ、まだ犯人は自信を持ってますからね」

けれど、電話はなかなか、かかってこなかった。一郎は四十分ばかり、目をとじていた。しかし、廊下の柱時計が、ナニワブシみたいな古くさい声調で、四時をつげると、起きあがった。それからは、電話機と腕時計を、かわるがわるに見つめていた。四時五分。四時十分。四時二十分。部屋のなかが、うす暗くなってきた。だが、立ちあがって、電灯をつけるものはない。四時二十分。玄関の戸が、カタカタいった。風が激しくなったらしい。

四時三十分。お兼が立ちあがって、天井の電灯をつけた。一郎のひたいには、あぶら汗が浮いていた。なにかつぶやいたが、だれにも聞えない。腕時計を見つめて、またなにかいった。どうやら、時間を読みあげたらしい。四時五十分だった。そのときだ、電話のベルが、けたたましく鳴りひびいたのは。

「もしもし、財田ですが」

受話器をとった徳太郎の手が、電気うなぎをつかんだようにふるえだした。

「千寿子か。千寿子だな。うん、おとうさんだ」

一郎は、すばやく躄《いざ》りよって、徳太郎のもつ受話器に頬ずりした。黒いエボナイトの筒のなかで、女の声がすこしふるえながら、早口にいった。

「おとうさん、お金、持っていってくれなかったの？　あたしを助けてくれないの？」

「いや、持ってくよ。大じいちゃんが、とっくに出かけた。お前、いまどこにいるんだね」

女の声は、やや遠のいて、

「わかってるわよ」

と、ヒステリックにいってから、また電話口にもどってきた。

「そんなこと、いえやしないわ。そばにふたりも、いるんですもの。よけいなこと喋ると、頬っぺたに、タバコの火をつけるっていわれたの」

徳太郎の日に焼けた顔が、黄いろくなった。なんども、唇をもみあわせてから、ようやく声をひっぱりだして、

「そいつらにいってやれ。お前のからだに、棘《とげ》一本さしても、ひっかき傷をひとつつけても、いいか。殺してやるとな。嚙みころしてやる」

「いわなくても、聞いてるわ。受話器は、あたしが持ってるんじゃないのよ」

「し、しば、しばられてるのか、千寿子」

「おとうさん、よく聞いてね。お金のうけとり場所、変えたいんですって。神社のうしろ

の原っぱじゃ、目立ちすぎるから――」

「そんな、いまさら、そんな無茶を……」

「黙って聞いてよ。五時四十分になったら、熊江駅へひきかえすの。そしてね。駅のお便所へ、いってちょうだい。お便所のわきに、掃除道具を入れる箱がおいてあるんですって。そのなかにお金を入れて、蓋をしたら、すぐホームへもどるのよ。最初にきた電車にのって、帰ってしまえばいいの。ぐずぐずしてちゃいけないって。そしたら、今夜の十二時までに、あたしを帰してくれるそうよ。わかった？」

「わかった。わかったけど、大じいちゃんはもう、出かけてしまったんだよ」

「だから、おとうさんがすぐ追いかけていって、大じいちゃんに教えてよ。きょう、約束をまもらなかったら、あたしを殺すっていってるわ。おとうさん、お願いよ」

声は涙におぼれかけた。徳太郎も鼻をつまらせて、

「大丈夫だよ、千寿子。おとうさん、すぐ大じいちゃんを追いかける。五時四十分になったら、熊江駅へひきかえして、駅の便所の掃除道具の箱だな」

「お金をかばんごと、入れるのよ。入れたら、すぐ電車にのるのよ。いい？」

「わかった。わかったとも」

「お願いね。あたし、死にたくない。殺されるのなんて、いやだわ。助け――」

涙声のとちゅうで、電話は切れた。徳太郎は、手もとも見ずに受話器をおいて、帯をそそくさしめなおすと、

「いってまいります」

徳造とお兼にあたまをさげて、立ちあがろうとする前に、一郎が立ちふさがった。

「待ってください。警察へ知らせたほうがいい。いらっしゃるのに、反対するわけじゃないんです。でも、考えてくださいよ。あれだけの意気ごみで出かけた徳右衛門さんが、道具箱へ金を入れて、すぐ帰れなんて命令を、承服する、とお思いですか。かならず犯人に、あおうとなさるでしょう。そしたら、大変なことになりますよ。警察だって、おととい懲りているから、へまを重ねるようなまねはしないでしょう。お嬢さんの命も、大じいさんの命も、それから金も、きっと守ってくれますよ。この三つを、いちどに失っても、いいんですか」

すぐ、返事はなかった。親子三人、曇った顔を見あわせてから、徳造が電話をゆびさした。

「茜さん、捜査本部へかけてください」

「七円、むだにすることは、ありませんよ。刑事さんたち、おもてに張りこんでいます。徳太郎さん、出かけましょう。あなたは駅へ、直行してください」

玄関をあけると、門をでるまでもなく、電柱の上に作業服の男が見えた。一郎はおりてくるように、手まねをしておいて、門を走りでた。徳太郎は、せかせかと駅へ急いだ。電柱をおりながら、電話工夫がそのうしろすがたを、いぶかしそうに見おくった。

一郎はもどかしげに、声をかけた。

「荒垣さん、電話がありました、犯人から」

「やっぱり——こんどは、なんていってきた？」

「インストラクションを、訂正してきたんです。しかも、千寿子さんにかけさせて」

「じゃあ、まだ生きてることは、間ちがいないな」

「父親の反応で見ると、たしかに千寿子さんですよ。ちゃんと受けこたえしてたから、録音でもないようです」

身代金のうけわたし場所が、駅の便所にかわったことを、一郎は話した。

「よし、すぐ主任に連絡しよう」

荒垣刑事は、走りだしかけて、首をひねった。

「でも、ちょっと臭いな」

「しゃれのつもりじゃ、ないでしょうね」

「やつら、張りこみに気づいたんだろうか」

「さもなきゃ、張りこみの有無をしらべるトリックかもしれない。いっせいに移動すりゃ、わかるでしょうからね」

「だとすると、犯人は五時四十分までに、原っぱへあらわれるな」

「たしかに、人員をぜんぶ駅へ移してしまうのは、危険ですよ」

「だが、ふた手にわかれるとなると、人数が足りない。おれたちも、駆けつけよう」

「断られる覚悟はしていますが、いちおう聞きます。ぼくも、つれてってもらえませんか」

「主任に釘をさされてるんでね。君子あやうきに近よらずって、いうじゃないか」

荒垣は、見えないところにいる刑事たちへ、合図をしてから、財田邸の塀にそって、裏の通りへ急いだ。きびきびしたその背中へ、一郎は大股に追いすがりながら、

「習うより馴れろって、諺《ことわざ》もありますよ。君子あつかいされたんだから、あきらめますが、差出口をさせてください。犯人は両天秤《てんびん》をかけてる、と考えれば、間ちがいないでしょうからね。熊江駅のほうも、じゅうぶん気をつけてくださいよ。駅員になりすましてるかもしれないし、ほんとの駅員に、犯人の一味がいるかもしれない」

「ありがとう。参考になった。財田さんのところで、吉報を待っててくれたまえよ」

ちょうどそのとき、熊江駅の南、戦争ちゅうに掘った横穴防空壕が、まだいくつか残っている崖に、三方をかこまれた空地のまんなかでは、財田徳右衛門が手ごろな石に腰をかけていた。

奥の切りたった崖の上には、ひとかたまりの墓石のむこうに、公団住宅のあたまがすこしのぞいている。左がわの崖はなだらかで、自然に踏みかためられた道が、草のあいだを神社の裏手にのぼっていた。右がわの崖は石でたたんであって、コンクリートの塀が、工事の建物を半分ばかり隠している。正面には立入禁止の柵のなごりが、三分の一ほど残っていた。切通しの道をとおる私鉄バスの赤い屋根が、そのむこうに、ときたま見える。昏《くら》さをました空の下に、切通しから吹きあげる風と、崖から吹きおろす風が、うずを巻いて、空地の草をきりきり舞いさせていた。だが、その風に羽織をふくらませながら、袋におさめたままの長曾禰虎徹を、しっかと袴の膝に立てて、徳右衛門は、瞬《まばた》きもせずに正面をむいている。

工場の窓から見おろすと、おきすてられた木箱が、あちこち白い原なかに、老人のすがたは、いかにも小さく、たよりなかった。双眼鏡を目にあてている福本主任のそばで、調布署の刑事がいった。

「戦時ちゅう、この工場が兵器工場だったじぶんは、朝鮮からつれてきた工員の寮が、あすこにあったんですよ。当時から、お粗末なバラックだったようですがね。戦後はいっとき、引揚寮になってました。この工場が空襲にあったとき、崖のとちゅうに埋った不発弾が、もう四、五年前になりますかな。なにかの拍子に爆発して、えらい人死にがでましてね。その幽霊が、集団で出るとか、出ないとか、いまじゃバスの停留所への近道に、神社のうらから、おりてくるひとが、あるくらいなもんです。それも、明るいうちだけで——それがってのは、あそこに見える防空壕のあと——」

と、奥の崖にならんであいている穴を、タバコのやにで爪の黄いろい指が、さししめして、

「あの穴んなかで、去年の夏、強姦殺人があったせいなんです。被害者《がいしゃ》は、ちょっとした美人のオールドミスで、身もとをくらますために、すっ裸にしてありましてね。いやな事件《やま》でした。おぼえてませんか?」

「あの現場が、ここだったのか。たしか犯人《ほし》が、三人と子どもで……」

「十四と十六、音頭とりが十七でしたよ。あんときは、ぞっとしましたね、あたしゃあ。休暇がとれるもんなら、当分、うちの餓鬼のあとをつけまわしてみたくなりましたもの」

「主任、荒ちゃんから連絡です」

うしろで、勿来部長刑事の声がした。福本は双眼鏡を、調布署の刑事にわたして、ひっ

そりならんだ旋盤のあいだを出ていった。塀のすぐ内がわで、警視庁の技師がふたり、黒い箱がたの機械を調整している。ここから、下の空地の声は聞えない。だから、隠しマイクをしかけたのだ。草のあいだの空箱は、けさまではなかったもので、なかにマイクがしこんである。福本は、技師の背中に声をかけた。

「うまく、いきそうかね」

「じいさんが早くきすぎて、だいぶあわてました。でも、大丈夫です」

とたんに、貧乏神でも払いとばせそうな、徳右衛門の咳ばらいが、技師の手もとで聞えた。福本主任は満足げにうなずいて、門と裏の塀との最短距離上にとめてある無線車に、歩みよった。ハンドルのうしろにすわっていた刑事が、窓からマイクをさしだした。世田谷にいる荒垣刑事の声は、やや不明瞭だった。きょうが日曜日で、工場が鎮まりかえっていることを感謝しながら、福本は報告を聞きおわると、

「そうか、犯人《ほし》はきょうこそ、金をとる気だぞ。しかし、ここをぜんぶ、引きはらってしまうのは、どうかな?」

「ぼくも、考えものだ、と思います。茜君も、そういっていました。こちらの班を、駅へ移しましょう」

「そうしてくれ。五時四十分になって、ぞろぞろ移動したんじゃ、目立つからな。こちら

からも、無線車一台ならまわせる。勿来君にいってもらって、駅長に協力をもとめよう」

「犯人《ほし》の一味が、駅員のなかにいるかもしれません」

「駅を遠巻きにするしか、手はないかな。小さな駅のホームに、いつまでも立っちゃいられない」

「ぼくは大便所へ、しゃがみこむ覚悟ですよ。防毒マスクを用意してくりゃよかった、と思ってます」

「たのむぞ。一課福本班の手柄を、庁内すみずみにまで、におわせてやれ」

「諒解」

深沢町の裏通りにとめてある無線車のそばに立って、荒垣はマイクをかけると、みんなの顔を見まわした。玉木刑事だけが見あたらない。平屋を一軒、あいだにはさんだアパートの二階から、双眼鏡をつかえば、財田の家の電話がある座敷を、のぞけそうだった。二階のはしの部屋の学生を、熱心にくどいて、玉木はそこに頑張っている。茜と荒垣が話しているのにも、とうぜん気づいたはずだから、ここへ来ないのは、いかにもおかしい。

「玉ちゃんは、どうした?」

「アパートへいって見てきたところですが、部屋にはだれもいませんよ」

いちばん若い刑事が、心配そうにいった。

「あいつ、このごろ、どうかしてやがる」

荒垣はちょっと考えたが、いつまでも、ここで待ってはいられない。車のドアをあけて、のりこみながら、

「しかたがない。とにかく、われわれは出かけよう」

「ぼくが、残りましょうか」

と、若い刑事がいった。

「そこらの野良犬でも、役に立つなら、つれてきたいときだぜ。玉ちゃんへの連絡は、財田さんのところへよって、茜君にたのもう。ことによると、徳太郎氏が駅へむかうのだけ見て、あとをつけたのかもしれないしな」

そんなはずはない、ということは、いった当人が、いちばんよく知っていた。財田の家から一郎を呼びだして、玉木の立場を傷つけないように、ことばを選んでたのんだときも、荒垣の眉には、縦皺がよっていた。埃を巻きあげながら、車がスピードをあげはじめても、胸さわぎは消えるどころか、小さなしこりに、かたまってくるようだった。

二台の警察自動車を見おくってから、一郎は、もとの座敷へもどった。だが、さっきの敷居ぎわにはすわらずに、座蒲団をぶらさげて、窓ぎわへいった。女中のはこんできたお茶を、その前へもくばりながら、お兼が聞いた。

「刑事さんの話は、なんだったんです?」

「時間的な打ちあわせでした。大したことじゃありません」

窓がまちにもたれて、アパートの二階を見あげながら、一郎は答えた。

「そんなら、いいんですがね。最初に、刑事さんに話をしにいって、帰ってきたでしょう。あのときから、あんた、浮かない顔をしてますよ。なにか、悪い知らせでもあったんじゃないか、と思ってね、大じいさんのことで」

「そんなこと、ありませんよ」

「やれやれ、安心だ。それじゃ、おじいさん、そろそろ晩ご飯にしましょうか。あたしは、とても食べられやしないけど」

「いい知らせが、あってからにしてもらいたいな。いまは、めしどころじゃない」

徳造は、電話をにらんだまま、首をふった。お兼は、ちょっと迷ってから、

「でも、一郎さんはお弁当、持ってきたわけじゃないでしょうから……」

「ぼくも、食事どころじゃないんです。顔にまで出てるほどなら、隠しておかないほうが、いいかもしれない。事実になってからじゃ、おふたりの気が顚倒して、ぼくの話を聞いてもらえない恐れがあるから。それに、ぼくの話だけで、事実にならなけりゃあ、しあわせだし」

一郎は、窓に背をむけて、電話を見つめながら、口ごもった。

「なにをいってるんですね、一郎さん。もっとわかるように、話してくださいよ」

と、お兼がいった。一郎はようやく顔をあげて、徳造のいぶかしげな視線を一、二度ためらってから、うけとめると、

「その前に、ひとつだけ聞かしてください。徳右衛門さんは、用意してある五百万円を、持っていかなかったんじゃないんですか、徳造さん」

返事はなかった。一郎は、あぐらの膝をすわりなおすと、肩に力をこめて、

「そうじゃないんですか？　持っていかなかったんでしょう」

「かばんの中身は、石ころだ」

重い荷物をおろすように、徳造はいった。急に肩が落ちて、いかにも六十八歳の老人らしく見える。聞きとりにくい声で、つづけた。

「父がいったん決心したら、だれにも制《と》めることはできません。五百万円の金は、そっくり金庫に残っていますよ」

「やっぱり、そうでしたか。だとすると、犯人はもう一度、電話をかけてきますよ。ここからあまり遠くないところへ、金を持ってこい、というでしょう。そうなったら、どうするおつもりです？」

「わからない。この悪党どものすることは、ぜんぜん目処《めど》がつきません。どう捌《さば》いたら、得がとれるのか、まるっきり。やっぱり、警察へ知らしたほうがいいんでしょうか」

「そんなことをしたら、千寿子さんは殺されますよ。さっきのは、この家のまわりから、張りこみの刑事を追っぱらうための、電話だったんですからね」

「それがわかっていたんなら、なにも——」

お兼のことばを、茜は制して、

「わかっていながら、わからないふりをして、刑事さんたちを追っぱらわなきゃならない。だから、ぼくはあの電話を、びくびくもので待っていたんです。そりゃあ、ぼくの考えてることを、洗いざらい警察に話しちまったほうが、気は楽ですよ。でも、ここまで関りあった以上、千寿子さんを見殺しにはできないじゃないですか」

「やっぱり、徳太郎が最初に警察を呼んだのが、間ちがいらしいな」

膝をなでながら、徳造がいった。

「おんなじことです。違うところは、あしたあたりが、千寿子さんの初七日にあたってるぐらいでしょう。縁起の悪いことばかりいって、申訳ありません。でも、こんどの電話で、あなたが金を持っていっても、お孫さんは帰ってこないはずなんです」

「まさか、そんな馬鹿な——」

「考えてみてください。なぜ、こんな廻りくどい、手かずの多い、時間のかかることをやってるのか。犯人だって、内心は必死のはずです。おもしろがってるわけじゃないでしょう。金だけが目的で、金をとること、とった金の費《つか》いみち、そこらまでしか、お脳は働かない。どっかへ逃げりゃあ、日本はひろいや。あとはなんとかなるだろう。そんな出たとこ勝負で、おなじ誘拐するんなら、若い娘のほうが楽しみも多そうだ、なんて馬鹿が犯人なら、こんな七めんどくさいことはしませんよ。千寿子さんをさらった犯人は、身代金の額だけが目的じゃないんです。大金をうまくせしめて――」

一郎は右手をひろげて、親指を折りたたんだ。こんどは、ひとさし指を曲げながら、

「それからあとも、だれからも疑われずに、いままでとおなじ生活をつづけたい」

と、中指をかがめて、

「この三つが、目的なんです。もちろん、あとのふたつのほうが、うまくやるのは難しい。その難しいことを、なんとかうまくやりとげようと、犯人は全智全能をふりしぼっているんです。いままでは、だれにも顔を見せていない。声も録音されていない。写真でみせた家のなかも、古新聞で隠してある。でも、千寿子さんを帰してしまったら、どうなります？」

「わかりましたよ。あの子は犯人の顔も、家のなかの様子も、見てしまったんだ。あの子

がいっそ、めくらだったら……」

　徳造は声を嚙んだ。お兼は両手を顔にあてた。一郎も沈んだ声で、

「いままで黙っていましたが、ぼくは最初から、千寿子さんはとっくに生きていないんじゃないか、と心配してたんですよ。きのうの写真と、さっきの電話で、まだご無事なことがわかって、ほっとしました。でも、こんど電話がかかってきたら……」

「なんとか……なんとか、しようはないんですか」

　両手のうしろで、お兼が上ずった声をあげた。

　とたんに雷鳴が、部屋じゅうに鳴りわたった。お兼の両手は、膝に落ちた。威嚇の声を張りあげる小さな黒い怪物を、六つの目は茫然と見つめた。

「ぼくが出ましょう。千寿子さんの命を、ぼくに預けてください。お金といっしょに」

　一郎は、歯医者へいく決心をした子どもみたいな顔つきで、電話機に手をかけた。反射的に、徳造がうなずく。一郎は受話器をとりあげると、腹に力を入れてから、

「もしもし、財田です」

「あんた、だれなの？　おじいちゃんか、おばあちゃん、いない？」

　女の声が、聞いた。徳造が受話器に、耳をよせてきた。

　一郎は、ものすごい早口で、喋りだした。

「おふたりとも、ここにいますよ。切らないでくれ。ぼくは刑事じゃない。新聞記者でもない。誓ってもいい。聞いてくれ。返事は、お嬢さんを通じてでもいい。新聞にちょっと出たから、読んだろう。きみたちが盗んだ車の持主なんだ、ぼくは。きみたち、いや、きみだ。きみと話がしたい。ぼくはきみの考えていることが、大凡《おおよそ》わかってるつもりなんだ。なんで電話をかけてきたかも、察しがついてる。きみが予期した通り、金はまだこの家にある。徳右衛門さんは、きみと刺しちがえる気で、出かけていった。警察の主力は熊江の原っぱにいる。新聞記者も嗅ぎつけて、いってるかもしれない。この家のまわりに張りこんでた連中も、さっきの電話で、ぼくが熊江駅へ追いやった。録音機はとっくに警察へ返してしまった。喋っても、大丈夫なんだ。ぼくは金輪際《こんりんざい》、警察へは知らせない。ただきみと、取引の相談をしたいだけだ」

「あたまの悪くなさそうなことを、いうじゃねえか。わかったような気でいるお前さんは、そこでなにをしてるんだ？」

太い男の声が、はじめて聞えた。

「なにを相談してえんだね。遠慮なく喋んな。だがよ。いまみてえな早口は、ごめんだぜ。耳が脚気にならあ。あわてる乞食は、もらいがすくねえってえぜ」

「だが、時間がない。いま五時二十七分だ。きみだって、わかってるはずだろう。取引の内容は、こうだ。ぼくが金を持っていく。ほんとうにひとりでいく。そのかわり、きみは計画を一部変更して、千寿子さんを返してくれ」

「妙なことを、いうじゃねえかよ。身代金をいただけば、人質はお返しするに、きまってるだろうが」

「そんなやくざめいたつくり声は、しなくてもいいんだ。きみがどんな人間か、想像はついている。金をとったら、千寿子さんを殺す気だってことも察してるから、相談を持ちかけてるんじゃないか」

「そう考える理由を、うかがいたいな」

男の声は、身がしまった感じで、自然な調子になった。

「そんなひまはない。金と引きかえに、千寿子さんを返してくれ。そのかわり、ぼくが責任もって、きみの安全は保証する」

「ぼくは安保反対のデモに、参加したことがあるんだよ。でも、いちおう方法だけは、聞いておこうか」

「ぼくが、千寿子さんと打ちあわせておいて、きみの人相なんかを偽証するんだ、刑事に聞かれたときに」

「だめだね。刑事ってのは無作法で、しつっこい人種だよ。きみのことはわからない、初対面、いや、初対みみだからな。頑張りとおしてくれるかもしれないさ。でも、お嬢さんはすぐ陥落しちまうね」

「じゃあ、そっちで条件をだしてくれ。どんなことでも、できるだけやってみるから」

「相談するまでも、なかったんだぜ。こっちがいまから教えるところへ、金を持ってくれば、お嬢さんはお返しするよ」

「金と引きかえにか」

「今夜十二時まで待っていただくことになるが、いいだろう？　たった六時間たらずの辛抱だ」

「ご飯をたべない経済的なからだにして、だろう」

「そう信用してくれなくちゃ、話にならないな。きみのいないときに、またかけよう」

「切っても、こっちから、すぐかけるよ」

「いま、なんていった？」

「切っても、こっちから電話する、といったんだ。いや、いったほうが早い。いまから金を持って、そっちへお邪魔しよう。膝つきあわして話をすれば、きみの気も変るだろうからね」

電話の声が、とぎれた。おどろきを鎮めているらしい。息づかいだけが、かすかに聞える。おどろいたのは、犯人だけではなかった。徳造も、お兼も口をあけて、一郎を見つめた。

電話の声が、ようやくいった。

「冗談はよせ」

「ぼくはいたって、まじめな男でね。三十分ぐらいで、そっちへつくから、待っててくれたまえよ。じゃあ、のちほど」

「おい、切るな」

立場が入れかわると、落着きも出てくる。一郎は笑いを声にしのばせて、

「顔を見ながら話したほうが、情が移るぜ」

「ほんとうに、知ってるのか」

「もちろん。写真を拝見したからね」

「馬鹿をいえ。あんなもので、なにがわかる」

「考えて、考えぬいてやったことだから、自信があるんだろうがね。考えすぎるのも、考えものさ。どんなに凝った壁紙か、拝見してないからわからないけど、めくら千人めあき千人の昔とちがって、めくら千九百人めあき百人の現代だよ。そのままにしといたほうが、目立たなかったろう。なまじ神経質に、貼りめぐらした新聞が、きみの家を教えてくれた

んだ」

「なんのことか、わからない」

「説明は、あってからしてやるよ」

「まだ切るな。知ってるなら、なぜ警察に教えない」

「きみもそうらしいが、ぼくも警察はきらいだ。せっかくひとが、取っときの知恵を貸してやっても、ひどいのは机上の空論あつかいで、しろうとは邪魔するな。せいぜいよくって、ご苦労でした、ありがとう、参考になりました。参考になった、参考になったって、ぼくの名前は一郎だからね。一公でけっこう、三公になんか、なりたくないさ」

「どうやら、きみとは話しあえそうな気がしてきたぜ。ほんとに来られるんだったら、待ってやる。ただし、金を持って、ひとりでだ」

「わかってるよ。きみの顔を拝見するたのしみを、ひとにわけてやるほど、気前はよくない。ただし、こっちにも、ただしがつく。千寿子さんを生かしておかなかったら、きみも生きていられなくなるぞ」

　一郎は電話を切ると、立ちあがった。

「お聞きの通りです。五百万円——いや、そんなにやることないな。すこしでも、損をすくなくしましょう。四百万。度胸をきめて、三百万でかけあってみます。それと、紙幣番号の控えを、わたしてください。癪にさわるけど、あるていど犯人を助けてやらないと、千寿子さんを救いだせませんから」

「茜さん。ほんとにあなたは、ほんとに、犯人の隠れ家を知ってるんですか」

と、徳造が聞いた。

「隠れ家じゃない。大きな家に、堂堂と住んでます。番地も、名前も、知ってますよ。電話帳をしらべれば、電話番号もわかるでしょう。でも、刑事さんに教えなかったのは、警察に反感もってるわけじゃなくて、千寿子さんのためを思ったからです。ぼくひとりなら、犯人も怖がらないから、なかへ入れるでしょう。けれど、警官隊が包囲したら、犯人は人質を道づれに、自殺するのがおちですよ。徳造さん、まさか金庫のあけかた、知らないわけじゃないでしょうね」

「父は、知らない、と思ってますが、知ってます。徳太郎は、ほんとに知りませんが」

「よかった。手ぶらでいって、助けだしてくるまでの、自信はないんです、残念ながら。なんとか、番号の控えだけでもわたさずにすまして、鼻をあかしてやりたいな」

一郎は立ったまま、拳骨を宙にかまえた。次の間の金庫をあけて、徳造が新聞紙づつみをかかえてきた。一郎は新聞紙を、ちょっとひらいて、なかをあらためてから、

「警察には、五百万、持ってったことにしときなさい。あとで税務署にかけあって、損失

として落せるかもしれない。このままで結構です。紐だけ厳重にかけてくれませんか。これが、番号の控えですね」

それは四つにたたんで、内ポケットにしまいこんでから、一郎はお兼の前にすわって、耳に口をよせた。

「ご隠居さん、どんなことがあっても、お孫さんはお守りします。でも、万一ってことがありますからね。これだけ、おぼえておいてください。もし九時をすぎても、ぼくが帰らなかったら、福本主任にきてもらって、きのう、ご隠居さんがおしまいになった写真を、見せるんです。いいですか。その写真をよく見てから、毎朝新聞社会部の文野さんに電話して、ゆうべ茜一郎はなにを知りたがったか、と聞いてくれ。こういうんです。わかりましたか」

「毎朝社会部の文野さんですね。ええ、わかりましたよ」

おばあさんは、手のひらに指で字を書くと、ぺろりと嘗《な》めて、うなずいた。

「それで、ぼくの目的地がわかるはずです。ただし、九時すぎないうちに喋ってしまうと、なにもかも、おじゃんになる恐れがある。約束してください」

「げんまんしても、よござんすよ。そのかわり、孫のことはくれぐれも……」

小指をさしのべながら、お兼は、あたまを膝にすりつけた。一郎は指切りをしてから、縦横に紙紐をかけた新聞紙づつみをかかえて、玄関を出ていった。あとに残った老夫婦は、瀬戸物屋に店ざらしになった福禄寿と招き猫の貯金玉みたいに、いつまでもすわっていた。たがいの顔も、見なかった。電話機をなかにはさんで、そこから聞える聞えない声を、けんめいに聞こうとしているようだった。

六時四十分に、電話が鳴った。徳造がおずおず、受話器をとりあげた。徳太郎が、かけてきたものだった。七時に、雨がふりだした。七時半には、一郎がフォルクスワーゲンをおいていった塀そとに、ずらり警察の車がならんだ。電話のある座敷は、ひとでいっぱいになった。

刑事たちは、廊下にまであふれた。お兼と女中は、切りこまざいても、とても足りない座蒲団と、お盆をかかえて、うろうろしていた。お兼が思いあまって、徳右衛門に相談すると、

「茶など、だすことはない。座蒲団もいらん。いまはここが戦場なのじゃ」

老人は、叱咤した。襖も、障子も、いっせいに震動した。家じゅうがふるえあがって、しんとなった。福本主任だけが、徳造に話をうながした。徳造は録音機みたいに、耳に入れたことを洗いざらい、再生して聞かせた。この録音機は旧式だが、まだちっとも傷んではいなかった。ただマイクの感度は、落ちているらしい。一郎が最後にお兼にいいふくめ

たことは、入っていなかった。当のおばあちゃんは、台所のすみにこもって、げんまんの誓約をまもっている。福本主任は話を聞きおわると、しきりに顎の肉をひっぱりつづけた。単身、敵地にのりこんだ茜一郎を、どうしたら掩護できるか、考えこんでいるのだった。勿来部長刑事は、両手を胸で、組んだりほどいたりしていた。どうしたら、捜査一課の名誉を挽回できるか、考えこんでいるのだった。荒垣刑事は、窓から見えるアパートの二階を、気にしていた。便所のにおいもわすれて、ゆくえの知れない玉木刑事を、さかんに心配しているのだ。

廊下の柱時計が、ひとつ鳴った。十分すすんでいるから、八時二十分だ。茜一郎は帰ってこない。八時三十分になった。四十分になった。一郎は帰ってこない。柱時計が、九つ鳴った。八時五十分だ。一郎は帰ってこない。おばあさんは、台所のすみで、帯のあいだに手を入れた。かわいそうな孫の写真をとりだして、じっと見つめてから、立ちあがった。

雨は本降りになって、二階のすみに漏りはじめていた。そこは、千寿子の部屋だった。主人が帰ってこないので、部屋が泣いているみたいだった。いつもなら漏りはじめるか、はじめないかに、バケツを持ってあがってくるおばあちゃんは、階下で福本主任をおどろかしていた。写真をわたして、話をしおわったときが、ほんとうの九時だった。一郎はまだ、帰ってこない。

最後の一歩は意外なほうへ

三千人の聖徳太子にしたがって、財田邸をあとにした茜一郎——ではない赤西一郎太が、東京のどこかを、電車にのるか、バスにのるか、歩くかしていたころ、粟野治郎は、さっきの電話など、ショックでもなんでもない、といった顔つきで、ビールをグラスについでいた。

「あたしにも、ついでよ」

床に膝をついて、ベッドの下に手をつっこみながら、お妙がいった。

「馬鹿をいえ。いよいよフィナーレという大事なときに、酔って舞台をつとめる気かよ。もうしばらくの辛抱で、シャンパンのお風呂へだって、入れるんだぜ」

蟹みたいに、泡のついた口で、粟野がいった。

「だって、暑くてたまらないんだもの。さっきまでは、どうやら我慢ができたけど、雨になったせいかしら」

お妙は、毛足の長いスウェーターを、胸のまわりへたくしあげて、人間より高い散髪代を払ってきたばかりのプードル犬みたいに見えた。

「衣裳に苦情をいっちゃいけないね。汗におぼれて、死んだやつはいないよ」

「顔はどう、こんなもんでいい？」

目をつぶって、ベッドの下からすくった埃を、顔になすりつけながら、お妙は聞いた。

「けっこうだ。スカートをもうちょい、皺にしといたほうがいいな」

「このままで、寝ころがってりゃ、自然と皺になるわよ。大虎君、どいてくれないか」

お妙は立ちあがって、ベッドのすみに腰をかけている大虎にいった。粟野は、まだ伏せてあるグラスを、飲みほしたばかりのグラスでさししめしながら、

「そんな難しい顔をしないで、こっちへ来いよ、大虎。ビール、飲まないか」

大虎は、立ちあがったが、首をふって、

「こんなときに、飲んでいられるかよ。いまにも警察《さつ》の連中が、ここへなだれこんでくるかもしれないんだぜ。安閑としてねえで、ずらかるべきだ、ぜったいに」

「いまのやつは、ひとりでくる、といっていた。パトカーにのってくるほど、馬鹿じゃなさそうだったよ」

「信用できるもんか」

「おれは、信用するな。すくなくとも、桑山を信用するよ。やばけりゃあ、途中でなんとか、手を打ってるはずだ。せっかく、金を持ってきてくれるってのに、断る手はないさ」

「そいつがきたら、どうするつもりだよ」

「お前、どうかしてるな。トランキライザーをやるから、嚥《の》めよ。そいつがきたら、殺すだけの話じゃないか」

栗野は、立ちあがった。流しへいって、グラスに水をくむと、大虎の前へもどった。ズボンのポケットから、横文字のならんだ小さなブリキの罐をだすと、白い錠剤をふたつ、手のひらにあけて、

「これを嚥めば、臆病風がふっとぶぜ。なにがきても、怖いものなしだ」

「いらねえよ。いざってときに、のんびりしすぎて、動けなかったら、目もあてられねえ。水だけ、もらおう」

大虎は、ひと息にグラスをからにして、

「ちぇっ、水もうまくねえや。やつがきたら殺すって、だれが殺すんだい？」

「お前がさ。やつは空手八段で、大阪にいたとき、動物園から逃げだしたライオンを、殴りたおしたことがあるそうだ。殺しがいがあるぜ」

「冗談じゃねえ。ここには、ナイフもハジキも、なんにもねえじゃねえか」

「そんなもの、なくったって、殺せるさ」

　粟野は手をのばして、からのビール壜をつかんだ。逆しまにふりあげると、いきなりテーブルのはしに、打ちおろした。ガラスのくだける音に、お妙はベッドからとびおりた。粟野は、ぎざぎざの歯をむきだしたビール壜を、大虎の腹につきつけた。

「これで、じゅうぶんだ」

「おい、あぶねえよ。どけてくれ」

　大虎は手をふって、うしろへさがると、どすんとベッドに腰をおろした。

「びくびくするなよ。やつを殺せ、といったのは冗談だ。やつがきたら、身代金をいただいて、お嬢さんをお返しするだけさ」

「そんなこと、いったってよ。あの女《すけ》はもう死んじまって、死体も残ってねえじゃねえか。まさか、ずっと妙ちゃんを替玉にして、あの家をのっとる陰謀じゃねえんだろ」

「死体は、たしかに残っていないよ。生きている人間に、死体が残るはずはないからな」

「なんだかわけがわからなくなってきたぜ、粟野さん。あんた、酔っぱらってるんじゃねえか」

　大虎は、立ちあがろうとした。

　だが、粟野は、ビール壜を、どけなかった。

「おとなしく、すわっていろよ。わけがわかるように、いま説明してやる。財田千寿子は、死んじゃいないんだ」

「だって、ばらした死体を、おれたちが――」

「死んでるところを、見たのかな」

「油っ紙には血がにじんでたし、床にもまっ赤な新聞紙が……」

「赤インクと、トマトケチャップだったかもしれないぜ」

「それじゃ、あのボーリングのボールや、庭に埋めた片足は？」

「考えてみろよ。ボーリングのボールに、人間の首をどうやって封じこめるんだ？　あのマネキンの足だって、そうだぜ。人間の足が入ってたら、もっと太くなりゃしねえかな」

「じゃあ、なんで小きんや、ブタを――」

「小きんがどうして轢《ひ》きころされたか、知ってるか」

「ボールが車道に、ころがりだしたからだろ。桑山さんが、そういってた」

「歩道でつきとばされたから、ボールがころげだしたのさ。嘘じゃない。つきとばした当人が、いってるんだからな。ブタはまだ、見つからないらしいがね。きょう、死ぬのをわすれたじいさんが、おれたちを待ってた原っぱに、防空壕のあとがあるんだ。そのなかでおねんねしてるよ、泥の蒲団にくるまって。あの場所を教えてくれたのは、ブタなんだ」

「おれを、おれをどうしようってんだ、粟野さん」

「きのう、はっきりいったじゃないか。大虎なんてやつは、殺しちまえって」

「冗談だろ、ええ、粟野さん？　趣味が悪いや。おれが臆病なもんだから、からかおうっていうんだろう。そうだよ。きっと、そうなんだ」

「お前が臆病だって？　そんなことは、ないはずだ。小きんとブタと三人で、女をひとり殺してるじゃないか」

粟野はベッドにのしかかった。牙になったビール壜が、ふれそうになる腹を、けんめいに凹ましながら、大虎はいった。

「ありゃあ、こないだもいった通り……」

「女はお前たちに、めちゃめちゃにされて、自殺したんだ。お前たちが殺したも同然さ。どんな顔をしてたかも、よくおぼえていないそうだな。そういうやつだ。よく見ろ。よく見て、こんどはわすれるな」

粟野は、ビール壜をつきつけたまま、からだをななめにした。キャンバスをささえて、立っているお妙が、大虎の目に入った。キャンバスの上では、大きなガラス球のなかで、女の首がななめになっていた。大虎は、目をとじた。その頬に、粟野の平手が、音を立てた。

「よく見るんだ。この絵はな、女が死ぬちょっと前に、かいたもんだ。以前はこんな暗い顔じゃあ、なかったんだぞ」

「おれたちは、なにもそんなつもりで……」

「わかってるさ。無責任で、いい加減で、なんの見さかいもないお前たちだ。いっぱし悪党ぶっても、あたまと根気と神経のいる大勝負は、できないやつらさ。防腐剤のにおいにびくつきながら、人形かかえて、うろうろしてるざまはなかったぜ」

「栗野さん、あんた、気が変になってるんだ。すぎたことじゃないか。わすれてくれ」

「無理な註文ね、それは」

と、キャンバスのうしろから、お妙がそっけのない声で、

「この女のひとが死んだショックで、インポテンツになったまま、癒《なお》らないくらいなんだから。あんたたちを探しだすんだって、ずいぶんお金と時間をつかったらしいわ。あきらめて、死んじまいなさいよ」

「そんな薄情なこといわないで、なんとかしてくれねえか。助けてくれよ。おれの分け前、そっくりやるからさ、妙ちゃん」

「よくよくの馬鹿だな。まだわからないのか」

土いろになった大虎の顔を、栗野はのぞきこみながら、

「分け前をもらえるはずがないことぐらい、わからないのか。もっとあきれたのは、なんといった？　妙ちゃんか。そんなひと、どこにいる。ここにいるのは、財田千寿子さんだぜ。考えてみろよ。顔だけなら、親も見そこなうほど、似てる女がいるかもしれない。しかしだ。声もそっくり、字を書かしても、親が怪しまないほど似てるなんてことが、この世のなかにあるものか」

大虎は、喉のおくで、妙な声をあげた。

「どうした？　もう口がきけないのか。立ちあがって、逃げだしたら、どうだ？　足が動かないのか。さっきの水、うまくない、といってたな。うまくなかったろうさ。眠り薬が入ってたんだから」

「畜生！」

「まだ、眠っちまうなよ。なんにもわからないで死んだんじゃ、死体になってからの役わりが、うまくつとめられないだろう。大役だぜ。真犯人だからな。お前が寝こんじまったら、おれたちは母屋へいく、千寿子さんの懐中時計を、おぼえてるか。耳をすましてみろよ。ベッドの下で、聞えないかな。桑山は、器用なやつさ。あの時計で、時限爆弾をこさえてくれたよ。おれの兄きの会社の工場へいくと、ダイナマイトが無料《ただ》で手に入る。おれがいただいてきたおかげで、管理責任者は馘になったがね。おまけに、きれいな花火も、すこし仕掛けておいたが、こりゃあ、葬式の花輪がわりだ。そいつが、お前のからだを、ばらばらにすると同時に、桑山が母屋へ駆けこんでくる。縛られているおれと千寿子さんを、助けてくれるって段取りさ。わかるか？」

大虎は、首をふった。キャンバスを片づけて、椅子にかけていた千寿子が、口をだした。

「ここがひと目につかないもんで、あんたに不法占拠されたって想定なのよ。粟野さんも、被害者なの。桑山に踏みこまれたあんたは、身代金もろとも、ダイナマイト自殺したことになるわけね。壮烈な最後じゃない？」

「桑山は、もちろん、ほんとの名前でだがね。千寿子さんを救いだすがわで、大活躍をしてるんだ。お前たち三人を殺したいおれと、けちに凝りかたまった親たちから、結婚資金をひきだしたい千寿子さんと桑山が、手をとりあって考えだしたのが、この誘拐作戦なのさ。これだけ説明すれば、いくら馬鹿でも、わかるだろう」

大虎は、目を半分とじて、壁によりかかったまま、なにかいおうとした。だが、声は出てこなかった。そのわかりに、戸口のところから、声が聞えた。

「それだけで、たくさんだ。もうやめろ」

捜査本部では、玉木と呼ばれている男が、背広の肩を濡らして、そこに立っていた。

ここで一気に、九時三十分の財田邸へ目をむけると、福本主任が、毎朝新聞社会部の文野記者に、電話をかけているところだった。

「ええ、赤西さんというひとね。たしかにきのう、たずねてきましたよ。社会部へかかってきた電話を、たまたま、ぼくがうけただけのことで、前からの知りあいじゃありませんがね」

「赤西君は、あなたになにか聞いた、と思うんですが」

「ええ、新聞に関することをね」

「もっとくわしく、教えてもらえませんか。非常に重大なことなんです」

「例の誘拐事件に関係があるってのは、ほんとですか」

「とにかく、ふたりの人間の命が、かかってることです。話してください」

「赤西さんは、電話をかけてから、たずねてきましてね。新聞をひろげると、ページとページのあいだに、記号が印刷してある。それは、輪転機の番号で、都内版ならそれによって、どの地域の販売所へいっている新聞かわかる。そういうことを、テレビで見たが、ほんとうか、と聞くんですよ。うちの場合、わかりますんでね。赤西さんが熱心なんで、工場へ案内して、調べてあげたんです」

「赤西君が聞いた記号の新聞は、どの地域にいっていました？」

「杉並区の西部ですね」

「それだけですか」

「ええ、時間がない、とかいって、あわてて帰っていきました。お礼に特だねをあげますよ、なんていってたが……」

「ほんとうに、それだけでしたか」

「こんな電話をいただくとわかってたら、もっと聞いといたんですがね。しろうとの特だねは、あてにならないから」

「いや、お世話さまでした」

電話を切って、福本主任は、写真に拡大鏡をあてた。勿来が、わきからのぞきこんで、

「杉並区西部だけじゃ、漠然としすぎてますな」

「こっちの写真のほうが、明るくとれてる。レンズで拡大してみて、新聞の記号に気づいたんだな。時間に追われてるのを気にして、目をつけなかったのは、こっちの失敗だ。古風な西洋館だろうってことは、きのうからわかってたんだが……」

「おや、このマークなら、あそこにもついてますよ。千寿子のハンドバッグを、つつんできた新聞ですがね」

と、お兼ばあさんが、襖のすそに貼って、やぶれをつくろってある新聞を、ゆびさした。

けれど勿来はうなずいただけで、福本にいった。

「それでも、雲をつかむようですよ。時間と人間がたくさんあれば話はべつだが、赤西君はひとりです。ぜんぜん寝ないで、つきとめたとしても、ええと——きのうの午後七時から、きょうの午前二時までとして、十九時間だ」

「十九時間あれば、かなりの地域がカバーできますよ。車をつかってるんだから」

と、荒垣が口をだした。勿来部長刑事は首をふって、

「それにしたって、もっと決め手がなけりゃあ、無理だ。戸別訪問して、わかる性質のものじゃなし……」

「外観だな。古風な西洋館にもいろいろある。待てよ。これはなんだ？」

福本主任の葉巻みたいな指が、写真の上のほうをおさえた。勿来は内ポケットから、意外にモダンな角形のめがねをとりだした。娘がはじめての給料で、誕生日を祝ってくれたものだが、なにしろ、まっ黒な太いふちだ。おまけに最新流行の、ロボットの目みたいな長方形のやつで、ひやかされるにきまってるから、家でしかつかわないのだが、いまは照れてるときではない。敢然とかけて、写真を見つめた。

「なにかの影ですな」

「うん、こっちは朝早く、自然の光で撮ったものだ。だから、窓になにかがあって、その

影がうつったんだな」
「いやに曲ってますね」
荒垣は指さきで、影の曲線を宙に模写した。福本は急ピッチに、顎の肉をひっぱってい
たが、とつぜん指をはなして、
「あれじゃないかな。古風な西洋館だとすると、窓に庇《ひさし》があるかもしれない。その庇の金
具か、さもなけりゃ、日よけをかける金具じゃないかな。日がこっちからあたってるとす
ると、このへんに影がさしても、不思議じゃない」
「主任、こいつはなんだか、動物を模様にしたみたいな感じですねえ。角《つの》があるから、鹿
じゃないかな」
と、荒垣がいった。
「角は一本だな。一角獣だ。ユニコーンてやつだよ。荒ちゃん。古風な西洋館で、壁には
凝った壁紙が貼ってある。窓にはこんな飾り金具がついている。とくれば、きっと破風《はふ》の
ついた瓦屋根で、それも、青い西班牙《スペイン》瓦かなんかだ。外がわには、蔦《つた》かなんか、からんで
るだろう」
福本がならべたてると、匆来があとを引きついで、
「人質を隠しといても、ひと目につかなかったんだから、敷地はひろいにきまってる。塀

も高いんだ。大きな鉄の格子門があって――」

「それだけで、じゅうぶんだ。最近の住宅地じゃない。昔から大きな屋敷がならんでて、戦災にもあってない地域に、限定できる。没落した三代目なんてのには、あたまばかりするどい異常性格者が多いもんだ。そういうやつの犯行だよ」

「これだけのことがわかったなら、赤西君、ちょっと耳うちしてくれりゃいいのに」

荒垣のぐちっぽい調子に、おばあさんが、湯たんぽのような膝をすすめた。

「そりゃ、あんた、さっきおじいさんが話したように、あんたがたが押しかけたんじゃ……」

「それも一理だから、赤西君を責める気はないが、奥さん、きのう、こちらの一枚を、見せていただきたかったですな」

福本は、写真を内ポケットに入れて、立ちあがった。

「そんなことといったって、これが最後の写真になるかもしれないんですよ。よく撮れてるほうをしまっときたいのが、人情でしょう。よく撮れてるだけに、やたらに透けてみえて、とても他人《ひと》さまには見せられないし……それ、かならず返してくださいよ。よござんすね」

「わかりました。さあ、すぐ出かけよう。時間がない。地域の分担は、外できめる」

福本が、廊下へでようとしたときだ。電話が鳴った。徳右衛門が、受話器をとった。

「財田だ。おお、おお、赤西さんか、心配しとったぞ。千寿子はどうした？　もっと大きな声がでんのか。めしを食っとるんじゃろう、めしを」

福本はいきなり、わめいている老人の手から、受話器をうばった。

「福本だ。赤西君、場所だけいえばいい」

「主任さん、すみません。失敗しました」

一太郎のささやき声が、いった。

「いいから、現在地を。杉並のどこだ？」

「矢車町二丁目三六七。粟野始、という表札が、門にかかっています」

「矢車町二の三六七。粟野だな。すぐいく。ここからなら、遠くない」

福本は受話器を、徳右衛門にかえした。勿来や荒垣は、もう玄関にとびだしている。

「赤西さん、千寿子は――うん、無事か。よかった。おい、どうした？　これ、しっかりしろ。だれだ。卑怯者。逃げかくれせんで、出てこい。わしが相手をするぞ」

老人の猛り声に、福本はふりかえった。

「赤西さんのさけび声がした。卑怯未練な犯人め、なにもいわんで、電話を切りおった。わしもいくぞ」

長曾禰虎徹の袋をしごきとると、白鞘の一刀、腰にたばさんで、徳右衛門は袴の股立《ももだち》、たっかく取った。

「いけません」

福本はいいはなって、ゴムまりがはずむように、玄関をとびだした。あとには、息子と嫁にとめられているらしい老人の声が、

「なぜいかん。武士の情けじゃ、離せ、離せえ」


六台の警察自動車は、ゆくての雨をきらめかせて、走りだした。同時に、警視庁の無線室からは、緊張した声が、東京じゅうを駆けめぐった。

「財田令嬢誘拐事件の犯人は、杉並区矢車町二丁目三六七、粟野始方に潜伏ちゅうと判明。附近の各車、急行してください。ただし、人質に危険がおよばぬよう、秘密裡に包囲して、犯人の逃走をふせぎ、一課福本班の到着を待ってください」

杉並区内にいた数台のパトカーは、たちまちサイレンをひびかせて、矢車町にむかった。警官隊をのせたトラックも、幌をぬらして、杉並にむかっていた。パトカーは、矢車町に入ると、サイレンをとめた。赤い車上灯も消して、巨大な水すましのように、雨のしぶく道を、古風な西洋館へ近づいていった。福本たちがついたときには、パトカーが周囲をか

ためて、徳右衛門がいたら、蟻のはいでる隙間もないわい、とよろこびそうになっていた。

「塀をのりこすより、手はないですな。この門は、錆びすぎている。鍵は子どもだましだが、あけたら、うけあい雷みたいな音がしますよ。裏門も、鉄の一枚板だそうだし」

門柱のかげから、まっ暗な西洋館を見あげて、勿来部長刑事がいった。福本主任は、帽子のつばに雨をよけて、鉄の槍を植えつけた塀をあおぎながら、

「忍びがえしが、この高さじゃ、目立つぞ。なかで見張ってるだろうからな」

「拡声器で、呼びかけますか」

「おどかされて、手をあげる犯人《ホシ》じゃない。人質を殺して、自殺するにきまってる」

「もう殺してしまったかも、しれないんだ。ぐずぐずしては、いられません」

「いいことがある。こっちの屋敷は、庭つづきになってるな。さかいは塀ひとつだ。となりに、協力をもとめよう。門のベルをおして、かけあったんじゃ、聞えるといけない。荒ちゃん、大至急、番号をしらべて、電話をかけてくれ。となりの庭から、こっそり塀をのりこせば、気づかれる心配はない」

うなずいて、荒垣刑事は走りさった。

「わたしが、指揮をとりましょう」

と、勿来がいった。

「たのむ、五、六人は必要だな。わたしが拡声器で呼びかけて、注意をひいているうちに、やってくれ。殺人罪が加わらない、営利誘拐と脅迫だけなら、罪は軽いって、呼びかけてみる。なにか、いいかえしてきたら、しめたものだ。時間もかせげるし、位置もわかる」

「うまく、やってください」

勿来が、人選にいこうとしたときだった。雨が一瞬、しろがねの滝になって、ひらめいた。西洋館のうら手で、大音響が起った。大地がふるえ、鉄の門が赤ん坊のガラガラみたいに音を立てた。塀のむこうに、白煙がのぼった。と思うと、つづけざまに爆発音がほとばしる。光の球《たま》が、舞いあがった。白い煙が八方へ、蜘蛛の糸のごとくに散った。オレンジいろの火花が、雨の夜空に卍《まんじ》をえがいて、くるくるまわりながら、のぼっていく。つづいて、紫の火矢がななめに、雨中を駆ける。赤い煙が、緑の煙が、黄いろい煙が立ちのぼるなかに、五色の火花を残像に重ねて、巨大な花束が、燎乱と空にくずれた。とけたリボンは、火の手となって……

「消防車を呼べ」

福本はさけんで、門に走った。透かし掘りの花模様のなかに、一角獣が角つきあわせた門のあわせめへ、勿来が拳銃をかまえて、引き金をひいた。福本が、ボーリングのボールのようにぶつかると、悲鳴をあげて、門はひらいた。刑事たちは、庭へなだれこんだ。

「うしろの離れだ。人質の安否をたしかめろ。母屋へも踏みこめ。犯人《ほし》が隠れているかもしれないぞ」

福本はどなりながら、荒れた庭を走った。離れの屋根が半分ふっとんで、煙をあげている。ガラスの散った窓に、炎のいろが明るかった。ドアもはずれて、煙を逃がしている。

「こりゃあ、近づくと危険です」

福本の腕をおさえたのは、荒垣だった。

「ぼくのほうが、よけい雨に濡れてる。まかせてください、主任。帽子を借ります」

「気をつけろ」

「大丈夫です」

荒垣は、濡れた帽子を頭にかざして、走りだした。と思うと、なにかに足をとられて、つんのめった。ころがりながら、荒垣は声をあげた。

「だれか倒れています、主任」

「だれだ。おい、しっかりしろ。こりゃあ、お嬢さんだ」

「生きてますか。こっちは、赤西君です」

「生きてる。よかった。そっちは?」

「こっちも生きてます。しっかりしろ、赤西君」

荒垣にだきおこされて、赤西一郎太は、泥まみれの顔をあげた。

「すみません。千寿子さんだけは、助けだしたはずですが……」

「元気をだすんだ。お嬢さんは、無事だよ。大手柄じゃないか」

「だめです。三百万、燃やしちまって……両方は無理だったから……」

「犯人《ほし》はどうした？」

ぐったりしている千寿子をかかえて、福本がいった。

「ダイナマイトに、自分で火をつけて……なかで死んでるのが、主犯の粟野治郎と、大虎ってやつです。もうひとり、共犯がそのへんに、死んでるはずで……」

手をふりながら、一郎太は膝を力に、重いからだを起そうとした。その腋の下をかかえて、荒垣がいった。

「無理するな。動かないほうがいい」

「なあに、大丈夫です。びっくりして、気絶しただけでしょう。あとはさっき、粟野になぐられただけで……荒垣さん、共犯をさがしてみてください」

のびほうだいの草のなかに両手をついて、雨に祟《たた》られた野良犬みたいに、肩で息をしながら、一郎太はいった。

「だれだ、その共犯って？」

「ぼくの口からは、いえません。主任さんに、お気の毒で」

一郎太は、雨を飲みこみながら、しかめた顔を横にふった。荒垣は立ちあがって、草を手さぐりした。離れには、もう消防車が裏門からホースを入れて、水をかけはじめている。

「ここで、死んでるぞ」

荒垣が、声をあげた。一郎太がいった。

「仲間われがあったんです。おかげで、千寿子さんを助けるチャンスが、つかめたんですよ」

「やっぱり――玉木ですよ、主任」

死体の顔を見おろして、荒垣刑事の声は曇った。

「格闘のあとがあるだけで、母屋はからです、主任」

懐中電灯を手に、匆来が近づいてきた。福本の腕のなかに、泥だらけのコートを乱して、赤ん坊みたいな目をあけている千寿子を見ると、

「お嬢さんは、無事でしたか。赤西君も――よかった。よかった。犯人は自爆をとげたらしいですな。すぐ救急車を、手配しましょう」

「たのむ。千寿子さん、ショックで口がきけないらしいんだ」

と、福本が小声でいった。

「ぼくが、連絡してきます」

　勿来についてきた若い刑事が、門のほうへ走った。荒垣刑事の足もとに、死体があるのに気づいて、勿来は懐中電灯をつけた。胸に西洋包丁を立てて、蛇のように目をひらきっぱなしにした上半身が、輪のなかに浮かんだ。

「玉ちゃんじゃないか。どうしたんだ、こりゃあ」

「まさか、まさか、と思いながら、気にしてたんですが、やっぱり――こいつ、共犯だったんですよ、勿来さん」

　荒垣の声は、ふるえていた。勿来部長刑事は、濡れた頰をこわばらせた。福本主任は、唇を嚙みながら、千寿子の顔をハンカチでぬぐいつづけた。

　ここからさきは、楽屋話のようなものだ。いままでは、私たちふたりが、最初に打ちあわせた方針をまもりながらも、それぞれ勝手に、書いてきた。書きおわるまでは、相手に読ませずに、交替してきたわけだ。けれど、この最後の部分だけは、ふたりで相談しあうことにする。といっても、じっさいに原稿用紙をよごすのは、私ひとりだ。もうひとりの私は、横にすわって、のぞきこみながら、インスタント・コーヒーを入れてくれたり、私がのまないうちに、それをのんでしまって入れなおしたり、まだかなり残っていたはずのクッキイの罐を、私がひとつも拈《つま》まないうちに、からにしてしまったり、ときどき勝手な注文をつけたり、気がむくと、辞書をかわりに引いてくれたり、といった状態を楽しんでいる。

　それというのも、いままで、ひとり五章ずつ書いてきて、ちょうど平均したところだから、はみだしたこのエピローグは、どちらかが貧乏くじで、うけもたなければならない。はじめは現実の東京に、勝手な町名変更をおこない、現実の建物に勝手な改造をほどこして、勝手な名前をつけた人物を、右往左往させるのが——それが、小説家の特権だそうで、なにごとによらず、特権を行使するのは、気もちがいい。番のくるのが、待遠しいくらいだった。けれど、さすがに食傷して、たがいに譲りあったあげく、枚数をしらべてみた。そしたら、もうひとりの私のほうが、多かったそうで、うまく荷物をしょわされてしまった。多い、といったところで、わずか十九枚だ。こっちは毎日、出かけなければならない。あっちは毎日、家にいる。それくらい多くてあたりまえ、と思うのだが、まあ、男らしくあきらめよう。

いうまでもなく、私は、物語のなかの茜一郎だ。もうひとりの私は、おもしろがって、赤西一郎太という名前を、さっきまで固執していたが、そんならきみは、最後まで赤西千寿子になるんだぜ、といってやったら、あわてて同調を申しでた。指摘されるまで気づかないあたりが、女ごころの浅墓さだろう。最初の打ちあわせのとき、なるべく男性的に書くように、と注意しておいたから、私たちの期待に応えて、だまされてくれた読者もいるかもしれないが、私自身の文章ちゅう、もうひとりの私を、はっきり男あつかいしたことは、なかったつもりだ。

フィナーレを花火で飾って、事件がおわった雨の晩、私と千寿子は、すぐ救急車で、病院にはこばれた。千寿子は、ショックで口がきけなかったから、打撲傷だけの私が、さきに証言した。犯人を説得するつもりでいったのに、離れへ入ったとたん、粟野、大虎、玉木の三人がかりで、手も足もでないうちに縛りあげられ、三百万円と紙幣番号表をとられたこと。金額がすくないのに腹を立てて、脅迫の続行を主張する粟野と、計画をうちきらなければ、自分の立場のあやうい玉木が、対立しはじめたこと。母屋へとじこめられた私が、ようやく縄をほどき、電話を切換えられることに気づいて、財田邸に通話したこと。離れの電話がつかえないので、とんできた粟野に、さんざん、ぶちのめされたこと。やっとの思いで、私は離れにたどりつき、大虎と玉木を殺して半狂乱の粟野が、千寿子を道づれに、ダイナマイト自殺しようという、危機一髪に間にあったこと。すべてをあまさず、私は話した。

病室に証言をとりにきたのは、福本主任と荒垣刑事だ。ふたりとも、とても私をいたわってくれた。主任は、部下から犯人をだした責任を、とらなければならないだろう。それに、ご両人、すっかり風邪をひきこんで、荒垣刑事の美貌も台なしだった。あの雷《らい》のごとき鼻かむ音を、連発されなかったら、私は同情のあまり、真相をふらふらと告白してしまったかもしれない。三日おくれて、元気をとりもどした千寿子が、私の推理と体験を、裏づけてくれた。復讐と金策のふた股かけた粟野が、大虎を主犯にして、玉木刑事に救いだされる計画を立てていたことは、捜査本部に舌を巻かせた。あまり仲のよくない兄の留守に、家作からあがる家賃を着服したことや、兄の名前で借金したこと、ダイナマイトを盗んだことなど、裏づけ捜査によって、粟野の動機と計画は、あきらかになった。

もちろん私たちは、新聞記者にも質問ぜめにされたが、気は楽だった。私立探偵を開業するんだから、あんまり顔を知られたくない、その点、犯罪人とおんなじだ、といって、看護婦や記者たちを笑わせながら、私は顔の半分を、鞍馬天狗みたいに包帯でつつんで、フラッシュをあびた。記事にはそのことが、好意あるユーモアで書いてあった。

新聞にでたその日から、お人好しがいくたりも病院へたずねてきて、私をめんくらわせた。かわいい娘をさがしてくれ、という後家さんの話を、よく聞いてみたら、シャム猫だったりして、断るのに苦労はなかった。半年後に、私と千寿子は結婚して、めでたく誘拐作戦を完了した。私の父も、徳右衛門氏も、資金をだしてはくれなかったが、会費をとることにして、披露宴は黒字になった。私は新郎としての挨拶に、こんどほどの報酬は、もう二度と得られそうもないし、まだ、からだが痛んでしようがない、それに、危険な職業にはつかないでくれ、と報酬にたのまれましたので、私立探偵はあきらめます、と肩や腰をさすってみせて、客を笑わせた。

新婦は、くすくす笑っていた。夫婦喧嘩の予行演習のつもりで思いきりなぐれ、と粟野のイーゼルをわたしたのは、私なのだから、無理もない。私たちは、船橋の家で暮すことにした。家といっても、おやじの家の敷地内に、お神輿の倉があったのを、私がひとりで、屋根裏部屋つきのガレージにでっちあげたものだ。点灯装置のタイム・スイッチなどは完備しているが、新婚夫婦のスイート・ホーム、として考えてみると、そのままではとても住めない。二階建ての、すこしは見られるものに改造した。といっても、千寿子が十の偽名をつかって、十軒の銀行に預金した三百万円を、へらしたわけではない。いったんはあきらめた五百万から、税務署対策つきで二百万円、すくった私のはたらきを武器として、千寿子は大じいちゃんから、設営資金をたたかいとったのだ。

私も千寿子も、それぞれの親たちの気ごころは知りぬいていたし、こうするより結婚の道はない、と意見はさいしょに一致していたから、ふたりの仲を他人に気づかせるような、へまはやらなかった。計画のアウトラインは、ふたりが結ばれたころ、もうできあがっていた。粟野と知りあったときには、それを修正するだけでよかった。私がアルバイトで稼いだ、とおやじが思っている金は、あらかた粟野から借りたものだ。粟野が大虎たちへ復讐するためになら、兄きの金と信用を、いくらでもつかう気だ、と知ったときには、まったくバンザイを三唱したくなった。私の計画は、アウトラインからくらべると、かなり変ったかたちになったが、そのかわり、いっさいの偶然をとりのぞいて、完璧なものになった。

あやつらなければならない人物の心理に、計画の基礎をおいたおかげで、すべては思い通りにはこんだ。玉木刑事が私を疑いだしたことだけは、予測しなかった事態だが、あの男のむきな性格を利用して、どうやら切りぬけることができた。財田の家をでた私のあとを、それまでどこに隠れていたのか、玉木があらわれてつけてきてくれたときには、口笛でも吹きたい気分だった。私は粟野の家の裏門を入ると、すばやく母屋へ走って、様子をうかがった。玉木は思った通り、離れをのぞいた。私は、うしろから襲いかかって、粟野に包丁をとる隙をあたえた。

返り血に興奮している粟野に、千寿子がビールをついでやった。ビールに入れた麻酔薬は、ききめが早い。粟野は、たちまち昏倒した。新聞紙づつみと紙幣番号の控えを、完全に灰にしたあとは、時間を見はからって、電話をかけてから、私がなぐられる。千寿子が、ダイナマイトに火をつける。それだけで、よかった。玉木刑事を殺したのは、気の毒だったけれど、理論の裏づけもないものに、やたらなことを口走るから、いけないのだ。私はいま、渋谷の財田事務所へ、つとめている。月給は安いが、なにもまかせてくれないから、することがない。気楽なことは、この上なしだ。私は事務所で退屈し、千寿子は家で退屈している。例の三百万――ああ、説明するのをわすれていた。粟野の家に、私が持っていったのは、新聞紙製のラッキョウなのだ。門をでると、いったんのりこんだ車を、考えなおしたふりで、私はおりた。そのとき、かねて用意のラッキョウと、三千人の聖徳太子がおこもりあそばす古新聞の夢殿とを、すりかえたのだ。車内のどこに安置したかは、公開をはばかる。目下、そこに臍くりが隠してある。千寿子に知られたくはない。とにかく、そいつがあるから、生活の心配はないが、目立ったつかいかたはできないし、といって浪費をしたい欲も、これは親ゆずりだろうが、ない夫婦だ。

そこで、安あがりの退屈しのぎに、これを書きはじめたわけだが、まとまってみると、ぜひ本にしたい、という気がしてきた。こんなものを、他人に読ませるのは、ちょっと考えると、自殺行為みたいだが、そうとばかりも、いえないだろう。《立場を変えれば、どんな理屈もつくものだ。だから、犯罪捜査は、いやが上にも、慎重でなければいけない》という警告を、自分の体験を素材に、シック・ジョークのかたちで書いたものだ、と弁解すればいい。もっとも、かんじんなシック・ジョークの意味が、通じないといけないから、まずそれを説明しておく必要がある。さきに例をあげたほうが、手っとり早いだろうから、ふたつばかり、ご紹介すると、

「ママ、ママ、あたしの猫に、パパったら、毒をのませようとしてるわ」

「いい子だから、泣くんじゃありません。あの猫はね、おいたばっかり、するでしょう。始末するより、しかたがないの」

「でも、いやよ。あたしにやらせてくれるって、パパ、約束したくせに」

「あなた、どうしましょう。箱に一本だけ、のこってたマッチを、嚥みこんじゃったのよお、赤ちゃんが！」

「しようがないな。おれのライター、貸してやるよ」


こんなぐあいに、あと味のわるさを売りものにした小説や漫画が、ここ数年、シック・ジョークと称して、アメリカで流行している。シックは病気、むかつきのSickで、ジョークはいうまでもなく、冗談だ。名づけ親は、マックス・リツウィンというジャーナリスト。漫画家ではジュールズ・ファイファー、ハーワド・シューメイカーなどが、この波にのって、売りだした。その規模が大きくなって、小説のかたちをとると、ブラック・ユーモアと銘がかわって、高級にして前衛的な文学形式、ということになる。これだけ、解説しておけば、ひねくれ人種は、その伝をいったナンセンス、とうけとってくれるだろうし、常識人種も、せっかくうまくいった犯罪を、自分から訐《あば》いてみせるやつはいないはずだ、と考えてくれるだろう。ことしの事件みたいに小説化してあるが、かなり月日のたっていることで、いまから不利な証拠は、さがせっこない。

ところで、いま千寿子が、いただける提案をした。私たちが、自分で出版社へ売りこみにあるくよりも、だれか推理作家にたのんで、そのひとの新作として出してもらったら、というのだ。そうすれば私たちには税金もかかってこないし、じっさいの事件をヒントに、その作家が、創作したもの、ということになって、安全率もぐんと高まる。もっとも、私たちには、つきあいのある推理作家はいない。それが、この妙案のゆいつの欠点だけれど、そんなことは、どうにでもなる。だいたい私は、原稿ごっこよりも、探偵ごっこのほうが得意なのだし、ぜんぜん、秘密のない人間というのは、すくないものだ。

私にゆすられる作家にしたって、金をださなきゃいけないわけじゃなし、それほど迷惑には思わないだろう。労せずに一冊だせるのだから、かえって、よろこぶかもしれない。きょうで、退屈しのぎもおしまいになる。あしたから、どうしようか、と心配していたところだけに、探偵ごっこはありがたい。手ごろな秘密を持った手ごろな作家が見つかって、出版のはこびになったら、題は『誘拐作戦』とするつもりだ。もちろん、誘拐をでっちあげて、ふたりの結婚を可能にした作戦、という意味で。

本になったら、お読みになったかたは、大いに吹聴して、一冊でも多く売れるように、ご協力をいただきたい。なにしろ私は、直接に手をくだしたのこそ、粟野ひとりだが、間接には四人も殺している人間だ。わが身はぜったい安全に、ひとを殺す方法なんぞ、いくらもある。くれぐれも、そのことをおわすれなく。もっとも、そんなに印税を、あてにしているわけではない。ただ大っぴらにつかえる金があったら、すこし入れかえたい家具があるだけだ。スプリングのゆるんだベッドに、型の古くなった冷蔵庫。テレビも、もうちょい、大きなやつにしたほうが、視力のためにいいだろう。それに、洗濯機がこわれかかっているそうだし、はじめに登場しただけで、ガレージにこもりっぱなしのポンコツも、できたら、もうすこし、クラシックカー呼ばわりできるものにしてやりたい。

つまり、それほど、欲ばっているわけではないのだ。

著者による註――正義感のつよい読者のために、ひとこと、申しそえておきます。ご覧のように、茜一郎氏は自信満満で、事実これは、いちどだけ名探偵ぶりを発揮した同氏が、逆説的に組みあげたフィクションかもしれないし、著者としては、まったくの創作、としか答えられない立場にありますが、よく考えてみると、故玉木一太郎を共犯とするには、厳密に論理的な意味で、一点の矛盾があるように思われます。その矛盾を発見して、公表されれば、正義感はじゅうぶん、満足されることと存じます。ただし、その場合の生命保護の問題にまで、作者は責任を負いかねます。

茜一郎による註——私たちの目をかすめて、著者先生、みょうな註をつけたものだ。さすが専門家だけに、私の気にしていたところを衝いている。たしかに論理的な矛盾ではあるけれど、証拠で裏づけできるようなものではないから、痛痒は感じない。読者へのアフター・サービス、パズルとして放置することにしよう。だが、答えのないのは、不親切だ。考えてもわからなかった読者は、本を逆さまにして、以下を読んでいただきたい。

実に単純なことだけれど、玉木刑事の属する捜査一課福本班が、財田千寿子誘拐事件を担当することになるかどうかは、事前にはまったく判断ができない。担当刑事でなければ利点はなにもないわけだから、したがって粟野がそんな人物を、共犯にえらぶはずはないということになる。

「アダムと七人のイヴ」

Adam and 7 Eve

第3話　ジェイムズ・ボンドはアメリカ人

第1話は「やぶにらみの時計」（徳間文庫）
第2話は「猫の舌に釘をうて」（徳間文庫）
に収録されています。

梨子地《なしじ》のつや消しアート紙に、銅版画ふうの模様《もよう》と飾り文字を刷りこんだ大きなメニューから、深井雅子《ふかいまさこ》は顔をあげた。

「栄二《えいじ》、どうしたのかしら？」

「弟さんなら、心配ありませんよ。実をいうと、食事をするのは、あなたとわたしだけなんです」

鐙一郎《あぶみいちろう》と名のった男は、きわめて自然な調子で、不自然なことをいった。テーブルのむこうの浅黒い顔も、その下のディオールのネクタイみたいに、洗練《せんれん》された微笑を浮かべている。

「どういうことでしょう、それ？」

空気ボンベをぬいた救命ボートのように、にわかに膨《ふく》れあがる警戒心を、負けずに礼儀ただしい微笑でかくしながら、雅子はたずねた。

「栄二君はここへ帰ってくると、会社に急用ができたから、レインチェックを貰っとこう、ということになってるんです」

レインチェックという俗語は、野球など雨で流れたときの次回優待券のことから転じて、こんどおごってもらう、という意味につかわれる。そのていどの知識は、翻訳本を読みちらしたおかげで、雅子にもあった。

「ついでに申しあげると、ぼくは弟さんの紹介にあったような、学校友だちじゃありません。神戸の人間でも」

「ご冗談を」

「まじめですよ。まじめに話さないと、あなたに対して失礼になるようなことを、これから申しあげるんですから。でも、一流ホテルのレストランで、まっ昼間。しかも、あなたは羽織《はおり》だけでも、安サラリーマンの親子三人が、ふた月か三月くらせそうな和服すがたの若奥様だ。なにか悪いことをしようとしたら、ぼくには不利で、あなたには有利でしょう？　安心して話を聞いていただきたくて、ここを選んだんです。ぼくが善人か、悪人かなんて判断はあとまわしにして、しばらくつきあってください。念のために申しそえれば、ぼくはある意味では善人、ある意味では悪人です」

「つまり、あたくし次第というわけ？」

雅子は、いくらか大胆になった。芝プリンス・ホテルの一階にあるフランス料理の店で、ちょうど昼めしどきだから、あらかたのテーブルはふさがっている。たしかに、危険なことが起りそうな場所ではない。それに、手入れのほどを感じさせない短かい髪といい、渋《しぶ》い凝《こ》りかたをしたダークスーツといい、派手なメダリオンの穴飾りが、ふしぎに目立たない黒靴といい、神戸の有名商店の若主人としか、どう見ても見えない相手だ。これが、まともな男でないのなら、どんなふうにまともでないのか、だれしもたしかめたくなるだろう。好奇心のない人間に、進歩はない。雅子はそんな言いわけで、席を立たない自分を、とがめないことにした。

「そういわれてみると、鼻もちならないせりふでしたね、今のは——とにかく、なにか頼みましょう。きみのわるい話をはじめて、あなたの食欲を削《そ》ごうなんて、企《たくら》んでるわけじゃありません。じゅうぶん、召しあがってください」

一郎は軽く手をあげて、ウェイターを呼んだ。それが、さがってゆくのを待ちかねて、雅子は聞いた。

「弟のことでしょうか？」

「栄二君は、ぼくに利用されただけです。友だちふたりとドライヴに出かけて、横浜のレストランで女の子をひろいましてね。箱根のハイウェイで、若さを発揮《はっき》しようとしたんですよ。ところが、女にとってはそれがビジネス。危機一髪《いっぱつ》というところの写真を仲間にとらせて、そのフィルムを弟さんたちに、買えってわけなんです。十万円で」

「三人で十万円？」

「ええ」

「ずいぶん安く、見積られたものですわ」

「同感ですね。それで、ぼくも口をきく気になったんです。たまたま同じコースを走っていて、商談を聞いちまったもんですから」

「あなたが取りもどしてくださったの、そのフィルム」

「お気づきじゃありませんでしたか。さっき、栄二君のポケットにほうりこんでおきました」

「うかがってると、十万円があたくしの紹介料に化けたみたい」

「妥当《だとう》な評価でしょう？　なにしろ女たちのひとりと、ハンディキャップつきで、水中の決闘までしたんですから――」

「そのこと、表むきの話だけ、弟から聞きましたわ。代々木のスポーツショップのショウウインドウを水槽《すいそう》にして、アクアラングをしょった男と女が、真にせまった決闘をしてみせたって。お芝居じゃなかったんですのね？」

「こちらは素手で、おまけに背中のタンクには、空気がすこし入ってるだけ。たぶん青くなったでしょうよ、ぼくは」

「相手は女ばかりでしたの？」

「ぜんぶで七人、ぜんぶイヴと名のってました。ぼくは番号をつけて、区別しましたけどね。なんでも男をいじめて、金をあつめて、どこかの無人島を買う。そこで理想のアダムを、育てたいんだそうです」

「ちょっと、会ってみたいような人たちね。それだけ骨を折ってくだすったのなら、ギヴ・アンド・テイクも当然ですわ」

「わかっていただいて、嬉しいですよ」

「でも、弟のことでないとすると、どんなお話なのかしら？」

「深井進吾《しんご》氏のことです。栄二君の会社の社長で、あなたのご主人の」

と、一郎が切りだしたとき、高野《たかの》栄二がもどってきた。しかし、その口からでた言葉は、予定どおりのものではなかった。

「鐙さんを探してる外人がいますよ。ここにいるって教えてやったら、邪魔《じゃま》しちゃ悪いから待ってるって——上に部屋を予約してあるらしいな」

「なにか急用でも、できたんじゃないの？」

雅子の皮肉は不発におわった。目鼻のついた好奇心の塊《かたま》りを、一郎の耳もとにかがめて、栄二はつづけた。

「その外人の名前なんですよ、問題は——ミスタ・ボンド。ジェイムズ・ボンドっていうんですって」


「ボンドです。ジェイムズ・ボンド」

青年は小声でいって、握手の手をさしだした。名のりあって、握手をかわしてから、あざやかな英語で、一郎は聞いた。

「もちろん、本名じゃないんでしょう?」

深井雅子を帰したあと、一郎はフロントから呼んでもらって、ロビーでボンドとあうことにしたのだ。ジェイムズ・ボンドはアメリカ人だった。身長は一メートル八十を越しているだろう。頰《ほお》に白い傷あとこそないが、髪は黒、目は灰色がかったブルーだった。だが、その目はなんとなく悲しげで、気が弱そうだ。

「ちょっとしたタフガイですよ」

と、栄二は報告したが、きっとサングラスでもかけているところを、見たのだろう。

「ところが、本名なんですよ、ミスタ・アブミ。そうじゃないと、いいんですがね」

ジェイムズ・ボンドは肩をすくめて、ため息をついた。

「それは失礼。ミスタ・ロブスンからの手紙にはミスタ・ジェイムズ・ボンドが日本へゆくから、よろしく、というようなことしか書いてなかったんです。だから、いつもの冗談だと思って」

「ミスタ・ロブスンは知らなかったんです。ぼくも、もちろん知らなかった。日本でもダブルオウ・セブンが持てはやされてるなんて——認識不足でしたよ。羽田へ着いて数時間で、それがわかって、ぼくはいま途方にくれてるんです」

「というと、つまり、だれもダブルオウ・セブンを知らない国へ、いきたかったわけですか、ミスタ・ボンド」

「ジェイムズと呼んでください。そのほうが、まだましです。子どものころは、好きだったんですがねえ、自分の名前が——平凡でいて、わりあい力づよく響いて。それが急に平凡でなくなるなんて、予想もしませんでした。名前をいうと、妙な顔をするか、にやにやするか、なかには怒るひともいる。女友だちには毎晩、遅くまでつきあわされるし、男にはなにかと喧嘩《けんか》を売られるし、手紙や電話がやたらにふえたし……近所の子どもたちまでが、ぼくを見かけると遠くからでも、キス・キス・バン・バンと連呼して、走ってくる始末ですから」

「つまり、もてるわけでしょう？　結構じゃありませんか」

「でも、スメルシュというカードをつけて、鼠《ねずみ》の死骸《しがい》を送ってこられたり、スペクターというカードをつけて、蓋《ふた》をあけると爆竹《ばくちく》が鳴りだす小函《こばこ》なんかが、ですよ。毎日のように届いてごらんなさい。ぼくは静かな生活が好きなんです、ミスタ・アブミ」

「イチローと呼んでください。パット・ロブスンには、ニューヨークでずいぶん世話になった。その頼みなんだから、きみのことは引きうけますよ。気の持ちようじゃないのかな。いっそジェイムズ・ボンドになりきって、ウォッカ・マテニーでもやりませんか。昼間からでも、飲める店がありますよ」

「酒はやらないんです」

「じゃあ、ブラック・コーヒーの強いのでも？　東京はコーヒー・ハウスだらけでね」

「そんなのを飲んだら、あしたの朝まで眠れません」

「それじゃ、いつも、なにを飲むんです？」

「あまり熱くしないで、ミルクを」

　一郎はあっけにとられて、アメリカ製ジェイムズ・ボンドの顔を見つめた。最初は面長《おもなが》で、ハードな輪郭《りんかく》を持っているように見えたその顔が、気のせいか、ぐっとソフトに円《まる》みを帯びて、いまは見える。この顔ならば、ニューヨーク近郊の小都市で、そよ風の吹きわたる歩道のさきに、ジーパンの子どもたちをみとめたとたん、花壇の柵《さく》のあいだの露地へ、からだをすくめて逃げこんでも、それほど不思議はなさそうだった。

「ご覧になりたいところが、どこかありますか。ご案内しますよ。きょうは暇だから」

と、一郎は話題をかえた。

「お願いできれば、夕方からのほうが、ありがたいな。すこし疲れてるんです。乗り物のなかでは、よく寝られないたちなもんで」

この通り、というように、ボンドはあくびを嚙《か》みころした。

ちょうどその時間、深井雅子はタクシーのなかで、新橋の交差点の信号灯が、緑にかわるのを待っていた。

もっとも、正確にいえば、待っていたのは運転手であって、雅子ではない。そこがどこなのか、なぜ車が走らないのか、雅子は気にしていなかった。気にしているのは、鐙一郎のことだけだった。それも正確には、おかしな話だった。ほんとうは、夫の深井進吾のことを、まず心配するべきだろう。なにしろ鐙一郎は、栄二が伴っていったあと、食事がは

じまるとほとんど同時に、

「あなたのご主人は、命を狙《ねら》われているんですよ。ただし、事情は切迫してるわけじゃない。あわてる必要はありません。落着いて聞いてください」

と、いったのだった。夫の進吾は規模は小さいが、近くは台湾、遠くは南米あたりに確実な取引きさきと信用を持っている貿易商社を、目下、買収しようとしていた。そのことは、雅子も聞いて知っている。けれども、商社の持ち主が、なぜ応じようとしているのか、そんな立入ったことまでは知らない。一郎にいわせると、くだらないことから、非合法なもうけの好きな連中に食いこまれて、その商社のルートを、密輸に利用されているのだそうだ。自分が経営しているあいだは、くされ縁を断ちきれないが、堅実な会社の傘下におさめてしまえば、自然にごみも掃《は》きだせる。

「だから、持ち主は未練をすてて、信用までが失われないうちに、ご主人に渡してしまおうとしてるんです。食いこんでた連中が、それに気づいたときには、ちょっと手遅れでしてね。非常手段でしか、阻止《そし》できなくなってたわけです。つまり、狙える点はこの件に関するかぎり、深井産業の幹部は社長にひきずられている。したがって、深井進吾氏がいなくなれば、完全に白紙にもどるとまではいかずとも、次の手をうつ余裕はできる。そういうことなんです」

と、一郎は説明したのだ。

「でも、主人をなんとかするよりも、現在の経営者をなんとかするほうが、手っとり早いんじゃないかしら？　ことの善悪はとにかくとして」

「そっちは、腹をすえてるわけですからね。きくほどの脅《おど》しをかければ、つかんでる弱点まで、消えてしまいかねないんですよ」

「まるで、小説みたいなお話。どうしてご存じなんですの、そんなことを？　それから、これが事実として、なぜあたくしに教えてくださるのかも、うかがいたいわ」

「ご主人を処分してくれ、と頼まれたのが、実はぼくなんです。お話したのは、あなたにもいろいろ、準備がおありだろう、と思ったもので」

「つまり、買収してくれ、とおっしゃるのね？」

「金の話ですか」

「もちろん」

「あいにく、暮しにこまらないだけの金は、持ってるんです。みような父親を持ったおかげで」

「じゃあ、どうすれば手をひいてくださるの？　ここで着物をぬいで、ロビーまで往復してこいなんて、おっしゃるんじゃないでしょうね、まさか」

「いいかねませんよ。かなり悪趣味なところも、ぼくにはありますから」

「ご一緒にベッドへ入るぐらいの線で、とめておいていただきたいわ」

録音テープにとったように、記憶しているやりとりを、雅子は思いだしていた。もちろん、話の内容を信じこんだわけではない。だいいち、鐙一郎は殺し屋といった職業の人間に、どう色めがねをかけても見えなかった。ほんとうならば、こんな話をするはずがない。嘘《うそ》だとすると、やっぱり理由がわからない。いわゆるプラクティカル・ジョーカー、手のこんだ方法で、ひとをかついで、それが楽しくてしょうがない人間なのか。一代で富を築いたひとの息子なぞによくあるタイプで、ユーモアのセンスだけが、気ちがいじみているのかも知れない。

半信半疑の落着かなさを払いのけるために、思いきった冗談をいったとき、こちらを見かえした一郎の目を、はっきり雅子は思いうかべた。軽蔑《けいべつ》したような、おもしろがっているような、冷静とも、残忍とも、とれる目つきだ。着ているものが、急に透明になったみたいな気分がして、雅子は襟《えり》をかきあわせ、テーブルの下で、腿《もも》をすくめたものだった。それでいて、けっして不愉快ではなかったあの目。

帯の下あたりの皮膚が、内側からあたたまってくるような心地がして、雅子は息を長くついた。からだの奥底で、なにかねっとりしたものが、うごめきだしたのを感じると、雅子は喉《のど》にからんだような声を、運転手にかけた。
「日本橋へいくのはやめにして、家へ帰っていただくわ。小石川の高台なの」

鐙一郎は、ホテルの四階の自分の部屋の前に立って、ドアを見つめていた。大きな銀いろのノブに、細長いカードがつるしてあるのだ。淡いグリーンの地に、あざやかな紫の影絵で、ベッドに寝ている人間が、漫画ふうに刷ってある。その下に六行、

お静かにねがいます
Please Do Not Disturb
Ne pas Déranger s.v.p.
Prohibido Entrar
Non Disturbare
Bitte Nicht Stören

と、活字が黒くならんでいる。ホテルによってデザインこそ違え、ごくありきたりの備品のひとつ。自分で出しておいたものなら、怪しむことはないカードだ。だが、そんなおぼえは、全然ない。一郎は緊張した。ちゃんと錠《じょう》はかかっている。鍵をつかって、ドアを

あけると、一郎は室内にすべりこんだ。しめたはずのないカーテンがしまっている。部屋のなかは薄暗い。目が馴《な》れるのを待ってから、壁に背をつけて奥にすすむと、ベッドの掛け蒲団《ふとん》がふくらんでいるのが見えた。

深井夫人かな、と一郎は思った。だが、そんな簡単にいくはずはなかった。あの話をすぐ信じこんで、ここへくるような女なら、相手にしても、はじまらない。一郎はベッドに手をのばして、いきなり掛け蒲団をひったくった。けれど、その掛け蒲団は、ぴんと張っただけで、ベッドから落ちなかった。

「あんまり、乱暴しないでよ」

ベッドの上に起きなおって、掛け蒲団を胸にあてているのは、七人のイヴのひとり、一郎がイヴ1と呼ぶことにした女だった。

「きみたちのレパートリには、錠前やぶりや、空巣《あきす》ねらいもあるのかね。どこから入ったか、後学《こうがく》のために教えてくれない？」

「空から降ってきたの」

「羽があるとは知らなかった」

一郎はイヴ1の肩に手をかけて、背中をのぞきこんだ。先日のショウウインドウの水槽では、ウエットスーツの上衣《うわぎ》だけ、サモンピンクのゴム一枚しか、身につけていなかったが、きょうはもっと少かった。

「見あたらないぜ。このバースデイ・スーツの下に、畳みこんであるのかな」

　バースデイ・スーツというのは、生まれた日に着ていたもの、皮膚のことだ。その皮膚は、一郎の目の下に白くひろがって、左右の尻《しり》のまるみに集まっている。

「羽があると、男のひとと寝るとき、邪魔になるでしょう？　だから、取っちゃって、パラシュートでおりてきたの」

「裸でねえ」

「いくらか目方が、軽くなるかと思って」

「それで、ご用は」

「どこかの社長夫人の代りに、あたしじゃいけない？」

　と、いいながら、イヴ1は上半身をあおむけに倒すと、掛け蒲団を離した。その上べりは、小さくつぼんだ臍《へそ》すれすれに落ちて、張りきった乳房が天井をむいた。だが、一郎は女の顔だけを見つめている。黙って見つめていてから、にやっと笑った。

「きみたちのなかに、読唇術《どくしんじゅつ》の達人がいたわけか。高野栄二の家と勤めさきは、知られてるんだから、あいつに会えば、ぼくのいどころもわかっちまう。それは、覚悟してたんだがね。盗聴マイクをしかけられる心配はない、と安心してた」

「油断大敵ね」

「近くのテーブルに、それらしいご婦人はいなかったけどな」

「男の専門家を、やとうって手もあるわ」

「世間知らずの奥さんを、ぼくがいじめてた。それで、援軍を買ってでたのかい？」

「仕事をゆずってもらいたいだけよ。お粗末なプレイボーイをいたぶるより、お金になりそうな話だから」

「ぼくと社長夫人のくちびるの動きから、性別不明の専門家が読みとった話。あっさりと信じこんだのか、きみたち」

「嘘なの？」

「嘘をつくのも、隠しごとをするのも、人をからかうのも、ぼくは大好き」

「殺し屋にも見えないけれど、あの女と寝たいってだけで、あんな嘘をつく男にも見えないわよ」

「色情狂《しきじょうきょう》かも知れないぜ、ぼくは——気ちがいって、ややこしいことをするもんだ」

「わからないわ、あんたってひと」

「きみたちだって、わけのわからないグループじゃないか。わかってもらう必要も、義務もないんだよ、ぼくには」

「かなり、わからせようとしたじゃない。嘘つきで、秘密主義で、いじわるで、色情狂的傾向があって――」

「もひとつおまけに、欲ばりだ。だから、仕事があっても、ゆずる気はない。お帰りねがいましょう」

「負けをみとめるわけ？　水のなかじゃ、あんたが優勢だったけど、ベッドのなかなら負けないわよ。六十四人の名医が見はなした不感症《ふかんしょう》なんだから」

「あれは退却しただけだ、というのかい？」

「降参ともいわなかったし、白旗もかかげなかったわ」

イヴ1は右足を曲げて、掛け蒲団を蹴《け》りのけながら、左手で腿のあいだを軽くおおった。一郎は聞こえよがしにため息をついて上衣をぬぐと、椅子に投げかけてから、ベッドの右はじに腰をおろした。左手をネクタイの結びめにかけながら、右手を女の胸におく。左手がネクタイをほどき、ホワイトシャツのボタンを外すのとは、まったく無縁な動きかたを、乳房をかこった右手がしていた。

イヴ1は左手を下にのばしたまま、右手で一郎の肩をつかんだ。胸の上下動が大きくなるにつれて、天井にむけた顔の閉じた目のまわりに、血のいろがさした。男の手が乳房をすべりおりると、女のくちびるがふるえて、長い息がもれた。イヴ1は上半身を、一郎のほうにねじりながら、顔にかかる髪を左手で払いのけた。左足を高く曲げると、のばした右足とで三角形をつくって、男の指をむかえながら、酒に酔ったような目を、かすかにひらいた。

「不吉な予感がしてきたわ、なんだか」

一郎は顔を近づけて、そのかすれ声を聞きとった。女の表情と息づかいを見さだめてから、ゆれうごく裸身に、一郎は胸を重ねるようとした。イヴ1は汗ばんだからだを、横にすべらせながら、

「待って」

と、右手を机の下にさしこんだ。その手が薄青い錠剤《じょうざい》を、指さきに挟《はさ》んで出てくると、女は一郎の腰に右足をかけながら、

「わすれたころに、あなたの縮刷版を届けたりするの、アンフェアでしょ」

ぎこちなく笑って、右手を尻にまわした。一郎が熱したからだに押し入ると、女は喉をそらして、おびえた子どもみたいにしがみついてきた。怖い夢を見まいとするかのように、懸命に肩をよせ、首をふって、その表情とは裏腹なよろこびの声を、投げては喘《あえ》ぎ、投げては喘ぎしながら、女は全身をもみうごかした。喘ぎはなんども叫《さけ》びに変り、ふるえる五体が硬ばって反りかえった。やがて手足の力がぬけて、吐息がもれると、それはまたすぐ

喘ぎにかわる。新しい力が男をゆすりあげ、喘ぎはきれぎれの言葉になって、前より早く叫びに達した。それがくりかえされて、喘ぎが泣きじゃくりに近くかすれたころ、

「まだ大丈夫？　大丈夫ね？　もう少しよ。もうじきだから……」

と、イヴ1は口走った。

「皮膚から吸収されて、神経を麻痺《まひ》させる薬なの。避妊剤《ひにんざい》じゃなくて……」

「なんだって！」

身を起そうとする一郎を、イヴ1は離さなかった。

「次の相手に気をつけて……死んじゃいやよ。死なないでね。あたし、ああ、また――」

一郎は女の手をはらいのけて、起きあがった。床におろした足に、感覚がない。よろめいて、ベッドに片手をつきながら、自分のうかつさを罵《ののし》ろうとした。だが、口もとが硬ばって、声がでない。一郎は必死に目をみひらいた。ベッドのイヴは両足をはだけ、両手で枕のはじをつかんで、流出する恍惚感《こうこつかん》を呼びもどそうとするみたいに、かすれた叫びをあげている。

麻痺剤を弱める方法を、力づくでも聞こうとして、一郎は手をのばした。ようやく、ベッドに匍《は》いあがる。イヴ1も薄目を力なくあけて、こちらに手をさしだした。だが、その手はふるえて、胸に落ちた。多少の抵抗力はあるらしいが、薬はやはり女にもきいている

のだ。それだけ考えるのが、やっとだった。がっくり顔をうずめた場所が、女の腹だということも、もう一郎にはわからなかった。

　手足の感覚がよみがえると同時に、目も見えはじめた。頭は鉛《なまり》の帽子をかぶったような感じだったが、自分が裸でないことはわかる。だれかが服を、だいぶ急いで着せてくれたらしい。一郎は大きく息をすいこんで、起きあがろうとした。冷たい空気は、うまかった。だが、起きることはできなかった。四角い柱みたいなものを抱かされて、手足を縛《しば》られているらしい。あたりを見まわしても、なにもなかった。暗い夜があるきりだ。

　一郎は腹ばいの背をそらして、顔をあげた。柱がゆれて、頭がずきずき痛む。それでも目をこらしていると、まっ正面のすこし上に、太く大きな鉤《かぎ》が見えた。鉤にはロープがかかっている。黒ぐろと太いワイアロープだ。ものにあたって擦《す》れたところが、にぶい銀いろに光っている。一郎が抱いている柱は、そのロープをくぐっていた。とたんに、一郎はすべてを呑みこんだ。自分が抱いているのは、高層建築用の鉄骨にちがいない。その鉄骨は、ワイアロープで鉤クレーンにぶらさげられて、空中に浮いているに相違ないのだ。首をねじまげる。遥かな下の灯火《ともしび》が見えた。鉄骨が左右にゆれて、視界がかわると、右手に骨組みだけの建物が見えた。

「動けるようになったらしいわね、鐙さん」

とつぜん、耳もとで声がした。左の耳の異物感が気になっていたが、それがイアホーンだったのだ。左ポケットのかさばるものは、携帯用無線通話機なのだろう。そのマイクが受けとめて、イアホーンを通ってくる女の声は、つづけていった。

「あなたは宙に浮いてるのよ。八階まで組みあがったビルの上だから、四十メートルはあるでしょうね。手と足をしばったのは、途中で落ちないようにって、親切なの。だから、自分でほどいて、立ちあがってね。ぐずぐずしてると、射ちますよ。こっちには、赤外線スコープつきのライフルがあるんだから。それに、あなたの手が不自由じゃ、トランシーバーの切りかえができないでしょう？　まず話しあいがしたいのよ」

一郎は手首のロープをほどきはじめた。わりあい簡単にほどけたが、足のロープをほどこうとすると、鉄骨が傾いて、あやうく拋《ほう》りだされそうになった。

「ワイアロープは、鉄骨の穴にとおしてあるから、斜めになっても、ずり落ちるおそれはないわ。でも、あなたはそうはいかないから、気をつけてよ」

イヴ1でないことは確かだが、あとの六人のだれの声とも、わからなかった。一郎はやっと鉄骨にまたがると、ポケットから通信機をひっぱりだした。通話機はロッドアンテナを長くのばして、肩から斜めに革バンドでつるしてあった。一郎は受信に入れてあるスイッチを、送信に切りかえて、

「どんな話をすればいいんだ。どうぞ」

「聞きたいことが、ふたつあるの。ひとつは、あなたの正体よ。もうひとつは、深井産業の社長を殺す、という話の真偽《しんぎ》。どうぞ」

「ここからおろしてくれたら、教えてやるよ。どうぞ」

「教えてくれたら、おろしてあげるわ。どうぞ」

「じゃあ、断るね。どうぞ」

「となると、また決闘よ。いいの、それでも？　どうぞ」

「勝手にしたまえ。どうせ、ぼくが勝つんだ。どうぞ」

「大した自信ね。しばらく動かないで。動くと射つわよ。いまなら、こっちは受信のままにしておくわ。喋《しゃべ》る気になったら、そういって」

クレーンが大きく動いて、鉄骨の反対がわのはじが、建物の骨組みにとどいた。骨組みのかげから、影がひとつ、ひらりと鉄骨に飛びうつった。鉄骨が大きく揺れて、またがっていた一郎の腰が、前にすべった。両足がはねあがり、一郎のからだは投げだされた。次の瞬間、一郎は両手で鉄骨にぶらさがっていた。急に恐怖がわいてきた。クレーンは一郎をぶらさげた鉄骨を、地上四十メートルの空間にふりまわした。

解説――心配するな、その片棒は私がかつぐ

法月綸太郎

小雨にけむる深夜の京葉《けいよう》道路。路上に遺棄されていた女性を拾ったのは、盗難車のワーゲンでドライヴ中のチンピラ四人組と、ポンコツのフォードで通りかかった医者くずれ。所持品から資産家のひとり娘と知った五人の男は「すばらしい廃物利用」の計画に着手する。知り合いのフーテン娘を死体の代役にして、身代金をだまし取るという妙案だ。犯人グループと警察の駆け引きに売り出し中の私立探偵も加わって、卍巴《まんじどもえ》に入り乱れた常識破りのキドナップ・コメディは、章を追うごとにますます意外な方向へ……。

『誘拐作戦』は一九六二年八月、講談社から書き下ろしで刊行された都筑道夫の第四長篇だ。前後して七月には『なめくじに聞いてみろ（旧題・飢えた遺産）』と著者初の短篇集『いじわるな花束』が、九月には『紙の罠』が本になっている。翌年七月には『悪意銀行』も出ているから、『やぶにらみの時計』で推理作家として再デビューを果たし、『猫の舌に

釘をうて』で評価を固めた六一年以上に多産な時期だったといえるだろう。

二人称の実況放送スタイルを用いた『やぶにらみの時計』、白紙の束見本に秘密の手記を書き残すという設定の『猫の舌に釘をうて』に続いて、本書でも読者の意表をつく斬新《ざんしん》な語り口が採用されている。小説は「ずぶのしろうと」と自称する二人の「私」が章ごとに交替しながら、実体験を元にした物語を綴《つづ》っていくという趣向がそれだ。

「けれど、あんまり、ありのままに書くと、迷惑するひとがいる。だから、適当にうそをまじえて、交替に書いていくことにする。もちろん、登場人物のなかに、私たちふたりがいるわけだが、どれが私たちかは、隠しておくほうがいいと思う」――よくもまあ、抜け抜けとこんな言い訳をこしらえたものだが、それを真に受けた時点ですでに作者の思う壺。犯人ならぬ「語り手さがし」の興味と誘拐事件の奇抜なプロットが絡み合って、活字のイリュージョンめいた、魅惑のだまし絵世界を繰り出していくのである。

一九九五年から「公募ガイド」に連載された長篇エッセイ「わが小説術」によれば、技巧に淫《いん》した『猫の舌に釘をうて』を出した後、懇意《こんい》にしていた福永武彦氏から「推理小説には、ミソはひとつあれば、いいんじゃないかな。きみのは、ミソが多すぎるよ」といわれて、頭をかいたという。それでも懲《こ》りないのが都筑らしいところで、次の長篇も、技術的な面から、考えたのだから、私も強情である。正体不明のふたりの人物が、一章ごとに交替して、書いた小説、というスタイルで、誘拐事件の顚末が語られる。登場人物のだれとだれが執筆者か、というのが謎の中心だった。

そのころ、シック・ジョークというのが、アメリカで流行しはじめていた。それが気に入って、ぜんたいの味つけにつかった。のちにブラック・ユーモアといわれるようになったが、『誘拐作戦』はその傾向を、意識的にもちいた日本最初の小説かも知れない。

ブラック・ユーモアに効果があったのか、この作品は成功した。（「選択した道」）


と自己評価しているのは、翌年の第十六回日本推理作家協会賞の候補作にノミネートされたせいか（受賞作は土屋隆夫『影の告発』）。死人の数が多いわりに、本書には独特のドライな明るさがあって、私小説風のウェットな描写が目立つ初期の前衛ミステリ群（いわゆる「超本格」四部作）の中でも、胸のすく痛快な印象が際立っている。年季の入った都筑ファンの間で、本書の人気が高いのはそのためだろう。

たとえば権田萬治氏は「都筑道夫論――華麗な論理の曲芸師」で、「やはり初期の作品群では『誘拐作戦』が私は好きだ」と漏《も》らしているし、「都筑道夫の生活と推理」で第二回幻影城新人賞・評論部門の佳作に入選した栗本薫氏は、江戸川乱歩賞を受賞した記念すべきデビュー作をこんなふうに書き出している。

　このノートを書きはじめるまえに、云っておかなくちゃならないことがある。
　それは、ぼくがほんとはちっともこんなもの、書くつもりなんかなかった、っていうことなんだ。

（栗本薫『ぼくらの時代』）

　これは『誘拐作戦』の本歌取りだろう。同時にアメリカ本格の巨匠エラリー・クイーン「国名シリーズ」の「まえがき」をもじっているのだが、そこまで含めて都筑作品へのオマージュになっているのではないか。正体不明の二人の語り手が交互に章を書き進める、という本書の設定は、覆面作家としてデビューした従兄弟どうし（フレデリック・ダネイとマンフレッド・B・リー）の合作コンビであるクイーンを連想させるからだ。
　クイーンといえば、昨年『エラリー・クイーン　創作の秘密』（ジョゼフ・グッドリッチ編）というダネイとリーの往復書簡が翻訳され、共同作業の壮絶な内幕が話題になったばかりである。クイーンとは合作のやり方がちがうし、本家ほど深刻な対立は生じないものの、『誘拐作戦』の掛け合い漫才的なやりとりには、ダネイとリーの痴話喧嘩《ちわげんか》（？）と相通じるものがある。また本書には事件をかき回す私立探偵の名前をめぐって「私たち」

がすったもんだする楽屋落ちがあるけれど、これも二つのペンネーム（エラリー・クイーン／バーナビー・ロス）を使い分け、二人の名探偵（エラリー・クイーン／ドルリー・レーン）を創造した先輩作家からヒントを得たのかもしれない。

ところで、本書について注目しておきたいのは、前後の長篇がいずれもナンセンス、あるいは笑いを重視したアクション・スリラーだったことである。冒頭でも少し触れたが、六〇年代の初期長篇八作をあらためて刊行順に並べてみよう。

1『やぶにらみの時計』↓**2『猫の舌に釘をうて』**↓3『なめくじに聞いてみろ』↓**4『誘拐作戦』**↓5『紙の罠』↓6『悪意銀行』↓**7『三重露出』**↓8『暗殺教程』

太字タイトルが「超本格」、並字がいわゆる「超アクション」路線の長篇で、5と6は腐れ縁のゴト師コンビが活躍する近藤庸三＆土方利夫シリーズだ。「超本格」は書き下ろし、「超アクション」は雑誌連載がベースという相違があるものの、両者の間に大きな隔たりはなく、後の作品ほど交じり合っていく傾向がある。たとえば本書で、犯人グループに振り回される警視庁捜査一課福本班の面々は、近藤＆土方シリーズの中篇「ＮＧ作戦」

（「宝石」一九六三年二月号）にも顔を出しているから、二つの世界はつながっているのだ。「NG作戦」はちくま文庫の日下三蔵編『紙の罠』に併録されているので、福本班のその後が気になる読者はそちらも手に取っていただきたい。

　近藤&土方シリーズの二長篇を合本にした三一書房版『紙の罠／悪意銀行』（一九六八年）の「あとがき」で、都筑は次のように当時を回想している。

> 『なめくじに聞いてみろ』で、身をやつしたナンセンスを書いた私は、『紙の罠』で笑いを前面に押しだして、同時にコミック・パズラー『誘拐作戦』を書いた。しかし、その『誘拐作戦』では、笑いはパズラーとしてのトリックを、つつみかくす煙幕の要素が強かった。それで、翌年の『悪意銀行』では、はっきり*lack-gothic*と断りがきして、読者を笑わせるためだけが目的の小説を、書いたのである。*lack-gothic*というのは語呂あわせで、ラクゴシック――落語的なスリラーという意味だ。

　笑いとトリックの関係に関するコメントも読み過ごせないところだが、それより私が目を引かれたのは、本書の翌年の『悪意銀行』に「わたくしを／推理小説と落語に／みちびいてくれた兄／鶯春亭梅橋《おうしゅんていばいきょう》の霊にささげる」という献辞《けんじ》が記されていることである。

一九五五年、二十九歳の若さで病没した落語家の次兄・鶯春亭梅橋（本名・松岡勤治）については、『やぶにらみの時計』の解説でも簡単に触れた。都筑の初期長篇には、夭折《ようせつ》した兄へのアンビバレントな感情が色濃く影を落としており、それは『悪意銀行』の前に書かれた本書も例外ではない。自伝的・私小説的な成分が希薄で、「幾ら死骸がころがっても悪戯っ子が玩具の山を崩しているみたい」（大井廣介『紙上殺人現場』）な筆致《ひっち》が売りの『誘拐作戦』だが、一歩引いた地点から見ると、二人の語り手が交互に手記を書くという小説形式そのものが、生前の兄との関係を引き継いでいるように見えるのだ。

ここでもエラリー・クイーンが鍵《かぎ》になる。本格マニアで「大した推理力の持ちぬし」だった落語家の兄は、三つ年下の弟に推理小説の合作を持ちかけたことがあるという。「癪《しゃく》にさわるが、小説じゃあ、お前にかなわない。おれのアイディアで、お前が書け。エラリイ・クイーンみたいに、合作をしよう」（「安吾流探偵術」）。この企ては実現しなかったけれど、よほど未練があったようで、都筑はその話を繰り返しエッセイに書いている。

合作以外に、こんな逸話《いつわ》もある。俳句好きだった兄は、弟と連句をやりたがって、教え込もうとするが、不器用な弟はうまく俳句がつくれない。

「大きなことを、詠みこもうとしちゃ、いけない。お前はほんとに、不器用だな」

と、兄はいって、私にいくつも、つくらせる。ひとつとして、採用にならないから、連句はいっこうに、進行しない。私はいやになってくるし、兄はじれてくる。最後はいつも、喧嘩になった。（『推理作家の出来るまで』より「死ぬまでの時間」）

合作小説にしろ、俳句の連句にしろ、兄弟の共同制作は失敗続きだったことになる。兄の側にも問題があったようだが、弟のコンプレックスが共作の妨げになっていたせいもあるだろう。その頃から、推理作家への転身を考えていた都筑は「推理小説を書けば、まず兄に読ませなければならない。そう考えると、気おくれがして、書けなかった。論理的な矛盾を発見する兄の眼力は、じっさい大したものだった」（同右）と認める一方で、兄のように本格一辺倒の推理小説観はすでに古いと考えていた。

けれども、日本ではまだ、本格でなければ推理小説ではない、という時代がつづいていた。私にしても、本格はきらいではない。最初は密室ものかなにか、大トリックのあるものを、書きたかった。だが、そういうものを書いたら、たちまち兄の餌食《えじき》になって、めちゃめちゃに叩かれるにきまっている。だから、なかなか書けなかった。死にかけている兄の枕もとで、

「これで安心して、推理小説が書ける」
と、私が思ったのは、そんな理由からだった。

『悪意銀行』に鶯春亭梅橋への献辞があるのは、その死から八年たって、やっと次兄へのアンビバレントな感情に折り合いがついたということだろう。骨絡みのコンプレックスを解消できたのは、バーチャルな合作リレー小説である『誘拐作戦』を書いたことで、生前には果たせなかった兄との共作をやり遂げたような達成感があったからではないか。

そう思って本書を読み返すと、私立探偵の赤西一郎太／茜一郎と名探偵気取りの彼の言動に水を差しつづける玉木刑事のやりとりも、死んだ兄との仮想ディスカッションみたいに見えてくる。五章のラストで男の子が口にする台詞《せりふ》なんか、ものすごくエモい。

ところで、松坂健氏による創元推理文庫版（二〇〇一年）の解説「〝眼底手高〟のダンディズム」には、「赤西一郎太」というネーミングは「志賀直哉原作で戦前、伊丹万作が映画にした明朗お家騒動ドラマ『赤西蠣太《かきた》』（昭和十一年）をもじっているのは明らかだし、一家に紛れこんでの活躍という設定も似ている。これはおそらく万作映画を見たであろう都筑先生の、先輩に対するオマージュではないか」という指摘がある。

松坂氏の解説ではこの後さらに目覚ましい洞察が続くのだが、引用ばかりでは癪なので、自前の発見も記しておこう。資産家の娘の誘拐事件をでっち上げ、身代金をだまし取ろうとする『誘拐作戦』の筋書きは、十九歳の都筑道夫が初めて「ポケット講談」に書いたとされる講談速記本のリライト「爆烈お玉」の設定と似ているのだ。

「爆裂（烈）お玉」というのは、「青龍刀権次」という幕末のやくざ者が主人公の、明治期を舞台にした連続講談のスピンオフみたいな一席。柳橋の芸者総揚げの大宴会で知り合った札付きの盗賊、青竜刀権次・振袖吉次（橘次）・爆裂お玉の三人（註）が手を組んで悪事をたくらむ。十五年前、人さらいに拐《かどわ》かされて行方不明になった鷲津《わしづ》侯爵家の次女・秀子と面影が似ていたことから、お玉を姫君に仕立てて侯爵家の財産を横取りしようという計略で、八代将軍吉宗の落胤になりすました天一坊事件の女性版である。明治の三悪トリオが知り合うきっかけになる小道具で、「其の頃流行《はや》つた形の大きい二重蓋、十八金側の米国製、其の時分は時計も安くはない確かに代価は三百五十円と云ふ高価の金時計」（大島伯鶴「明治新談　明治女天一坊爆裂お玉」）の描写など、財田千寿子のウォルサムの船来時計（別誂えの銀側だが）のルーツとおぼしい。「爆裂お玉」という題名も、本書を最後まで読むと（別の意味で）ジワジワこみ上げてくるものがある。

リライト作家時代の思い出を綴った『都筑道夫ひとり雑誌第1号』のセルフ解説には、

「たしか昭和二十三年の秋だったろう。［……］博文館の古い『講談雑誌』かなにかをあてがわれて、『明治毒婦伝、爆烈お玉』読切の一席、それが原稿料をもらった最初だった」という記述がある。ところが『都筑道夫ひとり雑誌第3号』の解説で、読物雑誌時代の友人・狭山温氏は、このくだりを読み返して「私は都筑君が二、三の点で思い違いしているのに気がついた」と書いている。

だいたい物書きというものは、何年何十年たっても、自分の書いた文章、題名等は憶えているものである。ピーンときて古い記録をひっくり返してみると、思ったとおり「爆烈お玉」はその昔私が書いた物だった。

（「解説　因縁ばなし」より）

この件に関して本人から明確な返答はなかったようだが、狭山氏の解説が活字になっている以上、都筑もうろ覚えだったのを認めたのではなかろうか。そうはいっても作品名をはっきり記憶しているのだから、若き日の都筑も何らかの形で「爆烈お玉」のリライトにタッチしていた可能性は否めない。ひょっとすると本書の「私たち」のように、二人でかわりばんこに合作したのでは？　などと根拠のない想像を膨《ふく》らませたくなるのは、『誘拐作戦』の作者のセンスがあまりにもよすぎるせいである。

　さて、復刊シリーズ第三弾の本書にも、連続ボーナスとして雄鶏社のメンズマガジン「SEVENエース」に連載された幻の長篇『アダムと七人のイヴ』の「第3話　ジェイムズ・ボンドはアメリカ人」（一九六六年五月号）が収録されている。「鐙《あぶみ》一郎」という主人公のネーミングが、本書の「茜一郎」と似ているのが意味ありげに映るけれど、直接の関連はなさそうだ。ところがどっこい、次の回を読めば、この中絶した長篇のミソが『誘拐作戦』のサブプロットの応用篇であることがおぼろげに見えてくるはず……。というわけで、次巻の「第4話　ワイルド・パーティ」を刮目《かつもく》して待て！

本書に収録されている「誘拐作戦」は、2001年8月創元推理文庫として刊行された作品を底本としています。

「アダムと七人のイヴ」は、「SEVENエース」1966年5月号に掲載された作品を収録いたしました。

本作品はフィクションであり実在の個人・団体などとは一切関係がありません。

なお、本作品中に今日では好ましくない表現がありますが、著者が故人であること、および作品の時代背景を考慮し、そのままといたしました。なにとぞご理解のほど、お願い申し上げます。


（編集部）

徳間文庫

誘《ゆう》拐《かい》作《さく》戦《せん》

2022年8月15日　初刷

著者　都《つ》筑《づき》道《みち》夫《お》
発行者　小宮英行
発行所　株式会社徳間書店
東京都品川区上大崎三—一—一　〒141—8202
目黒セントラルスクエア
電話　編集〇三(五四〇三)四三四九
販売〇四九(二九三)五五二一
振替　〇〇一四〇—〇—四四三九二
印刷
製本　大日本印刷株式会社

ISBN978-4-19-894766-8　(乱丁、落丁本はお取りかえいたします)